「泣くな」
葉月は晴通にゆるく
抱きしめられていた。

セシル文庫

貴なる公達アルファと情男オメガ

墨谷佐和

イラストレーション／りんご＋三原しらゆき

◆目次

この作品はフィクションです。
実在の人物・団体・事件などに
一切関係ありません。

貴なるアルファ《公達》とオメガ《情男》

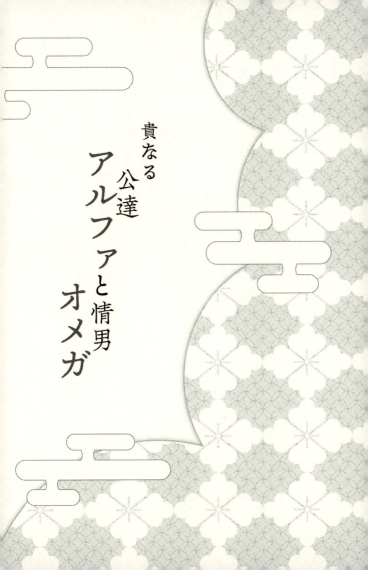

一

小さな文机《ふづくえ》に向かい、背筋を伸ばして墨《すみ》を磨《す》る。ふわっと立ち上る墨の匂い。葉月《はづき》はこの瞬間が好きだ。

だが、今の葉月は困った顔で小さな頭を揺らしている。

葉月は、権大納言《ごんだいなごん》を務める氏原《うじわら》家の末弟。つまり、大貴族の子息だ。だが葉月の境遇は悲しく、いたわしいものだった。

すでに十六歳になっているというものの、艶《つや》やかな黒髪は未《いま》だ子どものようにみずらに結《ゆ》われている。着ているものは古く、擦《す》り切れているところもある。だが、黒目がちの大きな目や、ふわっと花が咲いたような頬の色、唇は慎《つつし》み深くも朱《あか》く、みずら姿でなかったら、少女と間違われてしまいそうな愛らしさだ。

だが葉月は、自分の美しさを知らないのだった。それは――。

(書かなければ)

少々迷いながらも、葉月は上等な和紙に筆《ふで》を滑らせた。その文字も美しい。学者の家系であった母に教えられたものだ。女人《にょにん》の文字に寄せて記《しる》した文《ふみ》は、異母姉に頼まれ――もとい、命じられたものだ。

（こんな感じで、どうかな……）

『ただ、衣《きぬ》が擦れる音さえもが、私の心をあなたへの思いで焦《こ》がすのです。早くあなたの衣にくるまれ、二人で眠りたい――』

女人が送る、愛する公達《きんだち》への恋文《こいぶみ》だ。先日異母姉に渡した文は、「もっと情熱的に書いてよ」と早々に突き返された。だが、まだ恋も――誰かと交わることも、そして発情さえも知らぬ葉月には、情熱的にと言われても正直わからない。愛を綴《つづ》った日記や和歌集《わかしゅう》を読み、想像するしかないのだ。

今度は気に入ってもらえるといいけど……葉月は自信なさげに息をつく。

自分で詠《よ》むのではなく、「代わりに書きなさい」と全面的に投げられ、想像を文字にして書き上がった恋文は、どうにも嘘っぽく思えるのだ。

文の代筆は正直、気が進まない葉月だが、この屋敷に、それがたとえ、うらぶれて荒れ果てた離れであっても……置いてもらっている以上、母親の違う兄や姉、そして亡くなった父の北《きた》の方《かた》には逆らえない。

「葉月さま、咲子《さきこ》さまの使いが来ております」

たったひとり、葉月の使用人として側にいてくれる惟成《これなり》が知らせに来た。その後ろには、苛立《いらだ》ちをありありと顔に表した女人が立っている。上の異母姉、咲子に仕《つか》えている女房《にょうぼう》の相模《さがみ》だ。葉月に向ける言葉にも棘《とげ》がある。

「姫さまのお文はできましたか？　遅いとお怒りでございますよ」

二人いる姉のうち、咲子は怒りっぽい質《たち》だ。彼女もさぞ八つ当たりされてここへ来たのだろう。葉月は相模に深く頭を下げた。

「お待たせして申しわけありません。咲子姫さまのお文はこちらでございます」

葉月が恭《うやうや》しく掲《かか》げた紙を、相模はぞんざいに受け取る。そして礼も言わず、衣装をくるりと翻《ひるがえ》して、埃《ほこり》を払うように裾《すそ》を動かした。古くはあっても惟成が毎日綺麗に拭き上げてくれているのだ。埃なぞあるはずもないのに。

「ああ、嫌だ嫌だ。情男《じょうおとこ》の元への使いなど」

「その物言いは許せませぬとあれほど……！」

惟成が相模の背中に喰《く》ってかかるが、葉月は穏《おだ》やかに制《せい》した。

「いいんだよ、本当のことなんだから。みんな、できれば情男などと関わりたくないのだから」

「何を仰《おっしゃ》います！　権大納言家のお血筋である葉月さまは、あの女房などよりずっとご身分も高いのですよ！」

自分のために怒ってくれる惟成に、葉月は穏やかに微笑む。花がふわっと開くような美しい笑みだ。

「おまえこそ、普《ふ》の者なのにこんな私に仕えてくれて……申し訳ないよ」

「葉月さま！」

惟成は自分の胸をどんと叩いた。

「何度も言っておりますが、我が家は代々、葉月さまの母君のご実家にお仕えしてきました。母君は、もったいなくも私にも読み書きを教えてくださったのです。両親にも、くれぐれも葉月さまを大切に、心を込めてお仕えするようにと言われております。それが私の生きる道なのです」

葉月は胸が熱くなる。今、惟成がいてくれなければ、自分はこの淋《さび》しさに耐えられなかっただろうと思うのだ。

「ありがとうね……」

この国の中心に開かれた、絢爛《けんらん》にして盤石《ばんじゃく》な平鳳朝《へいほうちょう》。

今は、美しく才豊かな、若き桜雅帝《おうがてい》の御代《みよ》だ。

葉月の父は平鳳朝における大貴族、氏原重時《しげとき》であった。氏原家は由緒正しい名門で、重時は宮中でも権大納言という要職を務めていた。彼には正式な妻である北の方がいたが、下級貴族の学者の娘と愛し合い、葉月をもうけたのだった。

重時は音曲や学問を愛する優しい妻を溺愛《できあい》し、彼女によく似た葉月のことも溺愛した。身分の高い貴族の出である重時の北の方は、とにかくそれが気に入らなかったらしい。彼女が亡くなった後、重時が葉月を引き取ったまではよかったが、葉月が八歳の時に重時が流行《はや》り病で亡くなり、長男がそのあとを継《つ》ぐと、葉月に対するいじめが始まった。

調度が整えられた美しい部屋から、みすぼらしい離れへ。北の方はここぞとばかりに繕《つくろ》い物や洗濯などの下働きを葉月に言いつけ、異母姉や異母兄たちは、文の代筆だけでなく、音曲の宴《うたげ》では、まるで自分たちが奏《かな》でているかのように、陰での演奏を命じた。

それは、葉月が父と母から豊かな知性と感性、箏曲《そうきょく》や笛などの才を受け継いでいたためで、葉月自身の美しさも相まって、兄や姉、北の方はそれが面白くなく、葉月を妬《ねた》ましく思っていたからだった。だから何かと嫌がらせや意地悪をされてきたのだ。

自分たちより身分が低いくせに……。その上彼らは葉月に対し、ことあるごとに「醜《みにく》い」という言葉をぶつけた。これこそ妬《ねた》みの表れだ。だから葉月は、自分は醜いのだと思って成長していった。

（でも、父上や母上は、人の良さは見た目が醜いとか美しいとかではなく、それは心によるものだと言われた……）

そんな両親の教えは、心ない周囲に上書きされていく。葉月は次第に『自分が醜いからいけないんだ』と思うようになっていった。

葉月が彼らに疎《うと》まれ、虐《しいた》げられたのには、もうひとつ理由がある。この世に存在する、男女の二性をさらに分ける三性だ。

三性は男女ともに、『貴《き》』『普《ふ》』『情《じょう》』に分かれる。

『貴の者』は体格や容姿、知性だけでなく、あらゆる面において優れており、その存在が尊いとされ、貴族や天皇家に多く存在した。『貴』は、海と大陸の遥《はる》か向こうにある西の国では『あるふぁ』というらしい。

『普の者』は文字の通りに普通の者。世の人々の大半がこれに当たり、華やかではないが、平穏な一生を送り、西の国では『べーた』と呼ばれる部類だ。中には自分の才で財や地位を成す者もいたが、そういう者はごく少数だった。

そして『情の者』。

葉月は情の者だ。情の者には、獣《けもの》のように発情期があり、男であっても子を孕《はら》み、産むことができる。

情の者は発情すると、淫《みだ》らに人を誘惑するような匂いを発し、まさに獣のようだと、貴や普の者たちから蔑《さげす》まれていた。西の国では『おめが』というらしい。

だが、貴族の家に情の姫が生まれると、結婚、出産を通して家同士のつながりを結ぶことで出世したり家の格が上がるとして、彼女たちは大切に育てられた。

大貴族であれば入内《じゅだい》というかたちで帝《みかど》に嫁《とつ》がせ、次の帝となる東宮《とうぐう》を家から出すことができるのだ。情の姫は貴の男児を産むことが多い。これは貴族たちにとって、とても重要なことだった。葉月のように、貴の父と普の母から情の者が生まれることもあるが、それがなぜだかはわからない。情の姫は、とにかく貴の男児を産む確率が高いとして、大切にされたのだった。

……だが、それも姫に限ってのこと。情の男は、男なのに孕むことが卑《いや》しい、あやかしや物の怪《け》のようだとして嫌悪され、『情男』と呼ばれて蔑まれた。

貴族に生まれた場合は葉月のようにうち捨てられ、庶民に生まれた場合は、男女ともに、春をひさぐ色子《いろこ》宿《やど》に売られることが多いという。もちろん、情の者であっても、大切に育てられ成長していく者もいるだろうが……。

時の桜雅帝は、このような現状を憂《うれ》いていた。色子宿が増えれば都の風紀や治安が乱れるだけでなく、人をそのように蔑むのは良きことではないとして、側近《そっきん》たちと共に、その対策に取り組んでいた。

それは、桜雅帝が愛した唯一の女人、二条《にじょう》家から入内した初子《はつこ》が情の姫だったからだと言われている。

一方、氏原の権大納言家では、皆が貴の者だ。

母親が違う葉月だけが情の者で、それなのに葉月が賢く美しいことが、彼らは許せなかった。北の方は特に、自分より身分の低い普の者が産んだ子というだけで、葉月に辛く当たるには十分だった。それに加えて自分が産んだ、貴の娘たちや息子より、情男の葉月の方が優れていることに我慢ならなかったのだ。

葉月はその年頃を迎えても、男子が成人し、髪型、服装を改め、初めて冠をつける儀式——元服《げんぷく》もさせてもらえなかった。

『醜い上に情男のおまえを、ここに置いてやっているだけで十分でしょう』

北の方は扇《おうぎ》を口元に当ててあざ笑った。そのため、葉月は十六歳になった今も子どもと同じ、みずら姿のままなのだ。他の結い方は許さぬと異母兄にも言われた。みずらに髪を結い上げながら、惟成はいつも悔し涙を流すのだった。

「おいたわしい……。先の大納言さまがおられたならば、葉月さまはこのような屈辱《くつじょく》を受けることはなかったのに」

「言っても仕方のないことだよ、惟成」

でも、ありがとうねと彼の荒れた手をさする。惟成の涙は止まらない。

「葉月さまはなぜ、そのように穏やかでお優しいのですか」

それは、自分が醜い上に情男だという現実を受け入れているからだ。だから、心が平穏でいられる。文の代筆も、音曲を裏で演奏することも、下働きも、それで皆の役に立てているのならそれでいい。その対価としてここに置いてもらえるのならば。

あやふやに微笑んで、惟成には何も言わなかった。彼をもっと悲しませてしまうからだ。

異母兄姉や北の方に用事を言いつけられる傍《かたわ》ら、葉月は音曲や詩歌、読書を自分なりに心の友としていた。先人たちが残した日記や物語は、屋敷の中にうち捨てられていたものだ。その中には今、貴族たちの間で人気だという『星影日記《ほしかげにっき》』も途中までだがあった。葉月はもう何度も読んでいる。

（続きが読みたいなあ）

ふと抱く希望はそれくらいだ。外の世界を見てみたい、そう思わないと言ったら嘘になるけれど、自分はこのまま、ここで一生を終えるのだと葉月は思っていた。

情男は淫《みだ》らで汚らわしい。おまえは醜く、人前に出られるような者ではない。氏原家の一族だなどと名乗ることは許さない。ここに置いてもらえるだけで、他の情男よりは恵まれているのだ。私たちに感謝するように——。

多くの縛りで、葉月の心は閉ざされていた。まだ、十六歳なのに。

だが、そんな日々は突然に終わりを告げた。

＊＊＊

「二条さまのお屋敷に？」

ある日、北の方の部屋に呼びつけられた葉月は、突然、二条家の屋敷に上がるようにと言われ、驚いて聞き返した。

二条家の当主は右大臣《うだいじん》を務め、この氏原家よりも格上の、都に名だたる名門だ。籠《かご》の鳥の葉月でもそれくらいは知っていた。

「そうよ、何度も言わせないでおくれ」

北の方は眉間を険《けわ》しくして、扇の向こうから葉月を見据えた。

「その二条家の公達、広長《ひろなが》さまの元へお世話係として上がることに決まったのよ。広長さまは宮中でのお勤めはしておられないけれど、教養高い、風雅人《ふうがびと》であられるわ。その上、見目麗《うるわ》しくお心が広い。先日我が家に来られた際におまえを見かけられたらしく、情男のおまえをぜひにと仰ったのよ。うちの姫たちとお近づきになっていただくきっかけにもなるでしょうから、すぐに広長さまの元へ上がりなさい」

それはもう決定事項だった。北の方の険しかった表情は、思惑ありげに緩んでいく。

「おまえにとっても、こんなよいお話はないでしょう？　醜い情男でありながら、名門の公達にお仕えできるなど」

北の方は、いちいち、葉月のことを醜いとか情男だとか棘を込める。それには慣れている。行けと言われれば行くしかないが、葉月にはひとつ心配があった。

（名門の公達といえば、きっと貴のお方だ。情の者である私がお側にいても大丈夫なのだ

ろうか）

発情期が近づくと放《はな》たれる情の者の匂いは、淫らに貴の者を刺激してしまうという。だから葉月は離れに追いやられたのだが、これはもう、匂い消しの薬に頼るしかない。

（私は追い出されるんだ）

そんなことはわかっていた。だが、自分が誰かのお役に立てるのなら……葉月は指をつき、深く頭を下げた。

「承知いたしました。北の方さま」

「それでは早速身の回りの物をまとめるように」

「あの……惟成は連れて行ってもよろしいでしょうか」

葉月はおそるおそる訊《たず》ねた。

幼い頃からずっと一緒にいた惟成。この屋敷に惟成を残していくのは忍びなかったし、何よりも彼と離れるのは辛かった。

「ああ、あの下男《げなん》ね。よく働くし、気も利《き》くから何かと便利なのよ。二条家にはあなたひとりで行きなさい」

北の方は、便利だなどという言葉で惟成を称《しょう》した。私にとって家族も同然の大切な者なのに。だが一方で、それは惟成の有能さが認められていることでもある。ここにいればわずかでも給金がもらえるだろうから……。葉月が唇を噛んだ時だった。

「お待ちください！　北の方さま！」

縁に面した庭に、転がるように駆け込んできたのは惟成だった。

「私は、何がどうあっても葉月さまと一緒に行きます……！　いえ、行かせてください。お願いいたします」

（惟成……）

葉月は胸が熱くなった。惟成は、地面に頭を擦りつけるようにして懇願《こんがん》する。

「私は、亡きだんなさまより、葉月さまを頼むと申しつけられたのでございます。葉月さまがよきご縁《えん》に巡り会い、幸せになるまで支えてやってくれと……！」

北の方は扇越しにもわかるほど、嫌そうな顔をした。亡き夫、重時のことは聞きたくないのだろう。

「まったく……確かに氏原家の血を引く者とはいえ、母親の身分が低い情男の息子に、どうしてここまで……」

「も、申しわけありません」

葉月は謝った。自分のことをこんなにも嫌がる人がいる。そう思うと、心が沈《しず》むのだった。だが、惟成はあるじのために黙っていられなかったのだろう。

「それは、だんな様が葉月さまと奥さまを大切に思っておられたからで……！」

「だまらっしゃい！」

北の方は惟成に扇を投げつけた。だが、扇を頬で受け止めたのは葉月だった。惟成を庇《かば》ったのだ。

「葉月さまっ！」

「だい、じょうぶだから……」

葉月の頬は、扇の角が当たって切れ、血が滲《にじ》んでいた。もう、何もかもが気に入らないといった感じで、北の方は二人に言葉を投げつけた。

「あるじがあるじなら、下男も下男だこと！　はよう、二人で出て行くがいい！」

「あら、惟成をやってしまったら、誰が私と姉さまの文を届けてくれるというの？　惟成は足が速いから便利だったのに」

また、便利ときた。

「それに、葉月がいなければ、そもそも文をどうすればいいの。それに、箏《こと》を奏でる時にも困るじゃないの。ねえ、お母さま」

「知りません！」

姉姫たちは勝手なことを言い、北の方は至極《しごく》機嫌を損ねたままだ。誰も葉月の頬の傷を気遣ったりしない。

「葉月さま、私などのために、綺麗なお顔に傷が……」

「綺麗なんかじゃないよ。おまえも知っているだろう?」

悲痛な面持ちの惟成に葉月は笑いかける。この屋敷の者たちにさんざん醜いといわれ、葉月はそう思い込んでいる。だから、水に顔を映してみることもなかった。それなのに、惟成はいつも葉月を綺麗だというのだった。

「とにかく、一緒に出ることができてよかった。すぐに二条さまのお屋敷に向かおう」

「その前に傷の手当てですよ」

惟成は涙の滲《にじ》んだ目で言うのだった。


翌日、葉月と惟成は二条家の屋敷に上がった。

さすがは右大臣家の屋敷だ。今までいた氏原家よりもずっと大きくて立派だった。惟成は、二条家の下男として働きながら葉月の側人として侍《はべ》ることを許され、葉月はこれから自分の主人となる、二条広長の元へ挨拶に上がった。

「お初《はつ》にお目にかかります。氏原の葉月と申します。元服しておりませぬため、このような姿でご容赦くださいませ」

葉月はみずら姿の頭を深く下げた。

「よう来たな。私が二条広長だ。まあ、私はおまえを見るのは初めてではないのだがな」

そう言えば、北の方がそんなことを言っていたような……。情男で醜い私を呼び寄せられるとは変わったお方だ……思いながらも、葉月は広長の舐《な》めるような視線が居心地悪くてたまらなかった。

「おまえの仕事は私の身の周りの世話だ。楽な役目ゆえ、ゆるりと勤めればいい。部屋は私の隣に用意した」

隣の部屋と聞き、葉月は驚いた。部屋は情の使用人たちが住まう離れだとすっかり思い込んでいたのだ。葉月の反応に、広長は片眉をつり上げる。

「なんだ？　どうかしたか」

「使用人の私にそのようなこと、もったいないと思いまして……」

正直に答えると、広長は意味ありげに笑った。

「母親が妾《しょう》といえど、権大納言家の子息を使用人部屋などに住まわせては、私が恥をかくわ。それに私の側にいなければ、身の回りの世話ができぬであろう？」

「承知いたしました」

再度頭を下げながらも、葉月は感じずにはいられなかった。

（なんだろう、なんだか嫌な感じ……嫌というか、気持ちが、ざわつくというか……）

広長は人目を引く、見目麗しい公達だ。衣装も少々派手に感じるが、よく着こなしている。北の方が言っていた通りに、彼のような公達を『風雅人』というのだろうが――。

そもそも、風雅人とはどういうことなのだろう。

葉月は言われた通りに広長の隣の部屋に入った。氏原の屋敷であてがわれていた離れのことを思えば、天と地ほどの違いだ。広さといい、雅《みやび》さといい……。縁からは見事な菖蒲《あやめ》の花も見える。御簾《みす》にも意匠《いしょう》が懲《こ》らしてあり、美しいものだ。このように立派な部屋をもらってもいいのだろうか。再度、葉月は萎縮した。

「どうだ？　よい部屋だろう」

いつの間にか、部屋の中には広長がいた。ふふんと笑いながら、葉月を尊大に見下ろしている。

「あ、あの、このようなお部屋をご用意していただきまして、ありがとうございます」

「気に入ったか」

「は、はい」

そう答えるしかなかった。だが、何か違う。違和感が拭《ぬぐ》えない。

「それでは早速、ご用をお申しつけくださいませ」

「いや、今は特にない。何かあれば呼ぶゆえに、それまでゆるりと過ごせばよい。その前に、誰かに屋敷を案内させよう。そんなことよりも葉月、立ち入ったことを聞くが、おまえ、発情の方はどうなっておる?」

葉月は真っ赤になった。あるじとは言え、どうしてそのようなことを答えねばならないのか。

(私が情の者だから、貴のお方である広長さまには、把握しておく必要があるのかもしれない……。何か間違いが起きてはならないから……)

そう思い直し、葉月は頬を染めたまま答えた。このようなことを他者に伝えるなど、恥ずかしさしかなかった。惟成にも問われたことはないのに。

「は、発情は、まだ迎えておりませぬ……。情の匂いを抑える薬は飲んでおりますが……」

「ふふ、そのように頬を染めて……おまえは本当に可愛い。初々《ういうい》しくて良い」

広長はまた意味ありげに笑う。そして、さらに湿った視線で、そう——まさにぬるりと全身を見回されたのがわかった。

「そのような……私は醜い者にございます」

「氏原の者どもは目が濁《にご》っているのか？　この部屋には鏡があるゆえ、とくと己の姿を見るがいい。いや、立ち入ったことを聞いて悪かった」

広長は言葉の上では詫《わ》びたが、葉月の中で違和感はさらに大きくなった。

（なんだか、このお方は怖い……）

せっかく雇《やと》ってくださって、このような部屋を用意してもらいながら、失礼なことを感じてしまったと葉月は内省した。氏原の家から出ることができただけでも、ほっとしていたのに。

だが、葉月の怖れと違和感はさらに上塗りされる。女房に、屋敷を案内してもらっていた時のことだ。

「広長さまに新しい世話係がついたって聞いたけど……」

伊勢《いせ》と名乗った女房は、長い廊下を歩きながら、後に続く葉月を振り返った。立ち止まり、そして周囲をうかがって小声になる。

「あなた、広長さまに気を許したらだめよ、あのお方はああ見えて、とても小ずるくて、嫌な性分のお方だから……」

「えっ？」

「これ以上、私の口から言うのは憚《はばか》られるけれど、他の女房もきっと同じことを言うわよ。

人使いは荒いし、気は短いし、何よりも男にも女にも手が早いお方だから気をつけるのよ。これは忠告よ」

伊勢は親切で言ってくれたのだろうが、葉月は広長に対してもやっとしたものを感じながらも、他者が言うことを鵜呑《うの》みにするのは抵抗があった。亡き父にも、『人の言うことに惑わされず、真実は己で見極められるようになりなさい』といつも言われていた。葉月は父の言葉を自分に言い聞かせた。

氏原の屋敷でもそうだったが、女房たちの噂話はかしましい。だが、そんなお喋りが彼女たちの息抜きなのだということもわかっていた。大抵は罪のないものだ。葉月はにっこりと笑った。

「ご忠告、ありがとうございます」

肯定にも否定にも流されず、葉月はただ感謝を伝えた。大抵の者はこの笑顔にころっと参ってしまうのだが（氏原家の息のかかった者以外は）当の葉月は、そんなことは知らず——。

「あら、あなた、笑うと可愛いのね」

伊勢は、両方の着物の袖口で口元を押さえた。

「いいえ、そのようなことはありません」

謙遜《けんそん》ではなく、葉月は答えた。

母の身分が低いとはいえ、権大納言家の出である葉月の方が、伊勢よりずっと身分は高い。だが伊勢の口調は対等で、氏原の北の方は葉月のことを二条家になんと伝えているのか。自分はまったく気にしていないが、惟成は怒りそうだなあと葉月は思う。

(でもきっと、私が情男であることは伝えられているはずだ)

だが伊勢の口調や雰囲気からは、情男を蔑む感じは伝わってこない。二条家は、そういうことに大らかな家なのだろうか。

「本当に、広長さまは本家筋の晴通《はるみち》さまとは大違い。官職にもつかずふらふらとして……」

伊勢の話は続いている。彼女自身、こうして葉月にいろいろ語って聞かせることで気晴らしをしているような感じだ。

「本家筋?」

「ええ、ここは二条家といっても、右大臣の殿さまの妹君のお屋敷なの。本家の晴通さまは正真正銘、右大臣さまのご長男で、ご自身も右近《うこん》の中将《ちゆうじよう》を務めておられるのよ。同い年で従兄弟《いとこ》の広長さまとは比べ物にならないわ。あの方こそ、かの『綺羅星《きらぼし》の君』もかくやというほどの公達よ。お美しくて品があって、文武に秀《ひい》でていらして……。それなのに、数多《あまた》の姫君から求婚されていらっしゃるにもかかわらず、女人とのお噂がまったくないの。

とにかく、都中の姫や女房たちの憧れのお方よ。女だけではなくて、歳を問わず、帝や宮中のあらゆるお方から信頼されておられるわ」

『綺羅星の君』とは、世で大流行している『星影日記』の主人公のことだ。綺羅星の君と呼ばれる公達が、数々の恋愛遍歴を重ねながら、真に愛する女人を探し求める物語で、葉月も途中まで読んでいる。ただ、恋愛のことは、よくわからなかったのだが。

「それほどのお方とは。いつかお会いしてみたいものです」

確かに、広道と同じ十九歳で右近の中将とは、とても優れたお方なのだろう。そして綺羅星の君もかくやとは……葉月は正直に感想を伝えた。

「このお屋敷にはよくおいでになるから、お姿くらいは拝《おが》めるわよ。……ああいけない、ついついお喋りしてしまったわ。お屋敷の案内に戻ります」

いろいろ話して気が済んだのか、伊勢は廊下の角を曲がった。葉月はその後を付いていく。

（右大臣家の右近の中将、晴通さま……本当に一度お姿を拝見したいな）

葉月の心には、二条晴通の名が刻まれたのだった。

その日は結局、伊勢に屋敷を案内してもらった以外はなんの勤めもなく、葉月は時間を持て余した。

だが夜になり、もう寝ようかという刻《こく》になって急に広長から呼び出しがあった。明日、仲間内の宴に着ていく衣装を共に選んでほしいというのだ。

「それでは私はこれにて下がらせていただきます」

惟成が頭を下げた。葉月は驚いて答える。

「今までのように側にいてくれるのではないの？」

「私も、下男として雇われたといえど、夜は葉月さまをお守りするのだと思っていたのですが、警護はこの棟《むね》の者がするので、下男部屋で寝起きするようにと言われたのです」

惟成も納得できないようだった。だが、自分たちは広長に雇われた身。葉月は努めて明るく答えた。

「そういうことなら仕方ないね。早く部屋へ戻った方がいいよ」

惟成は渋々と葉月の前を辞《じ》した。……さて、自分は広長のもとへ上がらねばならない。氏原の北の方から、お役目は広長の衣装のお世話だと聞いている。まさか今までのように、繕い物をするというわけではないだろうが。

（私は衣装のことなどさっぱりわからないのだけど……）

公達の衣装といえば直衣《のうし》や狩衣《かりぎぬ》だ。仲間内の集まりならば、直衣よりも軽めの狩衣かもしれない。昨今の公達はみな、意匠をこらして粋《いき》なものを身につけるというが……。氏原の異母兄がそうだった。

葉月自身も、元服していないとはいえ、さすがに子どもが着る括《くく》り袴《ばかま》と半尻《はんじり》ではなく、質素な直衣を着ているが、頭はみずらのままだから、どうにもしっくりこない。だが、衣装など着られればそれでよかったのだ。流行りにはとても疎《うと》い。それなのに恐れ多くもあるじの衣装を共に見立てるなど……。

なんでも喜んでお役にたてるように勤めよう。そう思っていたはずの葉月だったが、正直気が進まなかった。衣装云々《うんぬん》もあるが、広長がやっぱり苦手なのだ。

だが、言いつけとあらば行かねばならない。これは世話係としてのお役目なのだから。

「広長さま、葉月にございます」

隣の部屋の御簾越しに呼びかけると、「入れ」と返事があった。御簾をするすると上げて部屋へ入ると、広長は夜着のまま寝具の上に寝そべって酒を飲んでいた。あれ、お衣装を選ぶのではないの？

「御簾は下ろしておけ」

「は、はい」

今夜は新月で辺りを照らす光がない。にもかかわらず部屋には、油で火を灯《とも》す高灯台《たかとうだい》に虚《うつ》ろな灯りが揺れているだけ。部屋の中は薄暗いを通り越して、暗かった。

「近う寄れ」

「はい」

葉月はいろいろ案じながら、寝具の側に正座した。まずは夜着のお着替えをお手伝いすればいいのだろうか。だが、暗い中で目をこらしても、肝心の衣装類が見当たらない。

「もっと近う」

「広長さま、もっと近くに寄れば、恐れながら寝具に上がらせていただくことになってしまいます」

葉月は大真面目だった。広長は嬉しそうに、そして含みを感じさせる顔で笑う。

「ほんにおまえは初心《うぶ》なのだな、葉月」

「あっ！」

次の瞬間、葉月は腕を引かれ、夜着姿の広長の胸の中に囚《とら》われていた。

「近くといえば、これくらいだろう」

「な、何をなさいます！」

情の者の本能が、貴の者である広長の匂いを感じ取る。

これは淫らな匂いだ。葉月はその匂いに嫌悪感を覚えた。本能が身の危険を知らせる。掴《つか》まれた手首を振りほどこうと、葉月は必死に抗《あらが》った。だが、逞《たくま》しい貴の男の力に敵《かな》いはしない。

「おまえ、発情はまだだと言ったな。だから私がおまえの身体を開いて、発情させてやろう」

「……！」

葉月は絶句した。『男にも女にも手が早いから』——伊勢の言葉が耳の奥で蘇《よみがえ》る。

この頃の平鳳朝では、結婚こそ男が複数の妻をもち、女の家と結びつくことが慣例だったが、その裏では、男同士の同衾《どうきん》も公達の粋《いき》な遊びとして行われていた。貴の者は特に情男を好み、しかも発情前の情男と交わることが、ひとつの武勇伝のようにもてはやされていたのだ。

情男は元々、数が少ない上に、それが発情前となるとさらに稀有《けう》だ。だが、葉月はそんなことなど知る由《よし》もなかった。しかも、広長の男遊びは派手なことで有名だったのだ。

「さあ、身体の力を抜いて私に身を任せるのだ。すぐに極楽へ連れて行ってやるぞ」

「おやめください、お願いでございます！」

極楽どころか地獄だ。手足をばたつかせて暴れるたびに、衣服が乱れていく。広長は器用に葉月の衣服を暴《あば》きながら、寝具の上に組み敷いた。手首は固定され、脚は広長の下半身にのし掛かられている。脚の付け根あたりに広長の熱く猛《たけ》ったものが触れ、葉月は怖れで目を瞠《みは》った。

「合わせの間から可愛いものが尖《とが》っているのが見えるぞ……本当はおまえも欲情しているのであろう？　いい加減に正直になれ」

「や、やめて、誰か……」

叫びかけた口を唇で塞《ふさ》がれそうになる。葉月は必死で顔を背《そむ》けて大きな声を上げた。

「助けて、惟成！　誰か、だれか――――っ！」

「叫んでも無駄だ。夜は私の部屋に近付かぬよう皆に言ってある。そしておまえの側人は下男部屋だ」

そうか、そういうことだったのか。葉月は自分の甘さと世間知らずに歯噛みした。そんな葉月を、広長はさらに地獄へと突き落とす。

「本当に衣装の世話係としか聞いていなかったのか？　氏原の北の方も意地の悪いことを」

広長はくっくっと可笑《おか》しそうに笑う。

「よいか。私の世話とは夜伽《よとぎ》の相手をすることだ。つまり夜の世話だな。ああ、世話係には違いないが」

そしてまた自分の下品な冗談に気を良くして笑っている。葉月は絶望した。

（こんな私でも、誰かのお役に立てればと思っていた……でも、でも、こんなのは嫌だ）

広長の手が合わせの中に入り込む。その感触に怖気《おぞけ》が立ち、葉月は声を上げずにいられなかった。

「嫌……嫌だ――っ！」

その時、御簾がばさっと音を立てて捲《まく》り上げられた。誰かが立っている。月がないので顔が見えない。だが、広長は憎々《にくにく》しげな大声を上げた。

「おまえ……！」

広長の身体の力が緩んだ次の瞬間、ふぁさっという音とともに、葉月は力強い腕に抱き上げられていた。

い、今のはなんの音？　この方は誰？

膝を抱えられた葉月は、奥ゆかしい香《こう》が焚《た》きしめられた袖に、肩を守られていた。ああ、さっきの音は衣擦《きぬず》れの音だったのか――。

この方は私を助けてくださったのだろうか。葉月が見上げると、暗闇でもわかる至近距離で、涼《すず》やかな美貌《びぼう》がうなずいた。

相も変わらずこのようなことを……」

「嫌がっている者を組み伏せて力尽くで意のままにしようなど最低の所業ぞ、広長。相も変わらずこのようなことを……」

その声は、葉月の下腹にずんと響いた。な、なに？　そしてこのお方は――？

「晴通ぃ！」

獲物を奪われた獣のように、広長は憎々しげに晴通と呼んだ男を威嚇《いかく》した。

（はるみち……さま？　このお方が？）

昼間、伊勢が話していた、綺羅星の君もかくやというお方。広長さまの従兄弟で、二条本家の右近の中将？

葉月は晴通の厚い胸に庇われたまま、反芻《はんすう》していた。皆が憧れる公達、二条晴通さまが私を助けてくださった？

（良い匂い……）

晴通から立ち上る匂いは、上品な甘いものだった。衣に焚きしめられた香の匂いとは違う。もちろん、嫌悪感しかなかった広長の匂いともまったく違う。

これは、自分が情の者だから感じることのできる、貴なる男から発せられる匂いだ。まるで酔ってしまいそうな……。さっきの声といい、この匂いといい――葉月は、無意識に身体を晴通にすり寄せてしまっていた。

その様子を、広長への恐れだと感じたのだろう。晴通が葉月を抱き上げている腕の力が強くなる。

（えっ？）

葉月の戸惑いを知ってか知らずか、晴通は冴《さ》えた目で、寝具の上で転がったままの広長を見下ろしている。広長は烏帽子《えぼし》も脱げただらしない格好で、忌々《いまいま》しげに晴通を睨《にら》み返していた。

「まことに、いい加減にせぬか。叔父上も叔母上も、どれだけおまえを心配しておられると思っている」

「聞き飽きたな」

広長は烏帽子を被り直して二人に背を向ける。晴通が葉月を抱いたまま踵《きびす》を返しても、彼は追ってこなかった。

二

晴通は葉月を抱いたまま、廊下を渡っていった。

ありがとうございました。自分で歩けます。そう言わなければいけないのに言えなくて、葉月は晴通の腕の中でおろおろしていた。言わなければ……でも言えないのだ。その腕の中が温かく、あまりに心地よくて……だが、そう思えば思うほど、自分が濃い匂いを発しているのを感じてしまう。襲われかけたためだろうか。情の匂いが――濃い梅花のような匂いが自分から発せられてしまうのだ。

（し、鎮《しず》まれ……）

葉月は呪文のように唱《とな》え続けていた。こんなことは初めてだった。今まで、女人はおろか、貴の男性にこんなにも近く触れたことはないのだから。そして彼が発する、馥郁《ふくいく》とした酒のような匂いも葉月を追い詰める。

晴通はとある部屋の御簾をくぐり、そこで葉月を下ろした。

「突然このようなことをしてすまなかったな」

ああ、いい声……いや、酔っている場合ではないのだ。葉月は彼の前に座り、指をついて礼をした。

「いいえ、私こそお助けいただき、まことにありがとうございます」

だが、部屋は暗闇で礼が伝わったのかどうか。晴通は「真っ暗だな」と言い、いくつかの高灯台に灯りを灯した。

辺りが見えるようになると、葉月の前に晴通が座っていた。広長の部屋の暗がりの中で見たよりも、涼やかな美貌や精悍《せいかん》な姿かたちがよりはっきりと見え、葉月の胸は高鳴った。

(本当に、綺羅星の君のようだ……)

なんだか顔を見ていられなくなって、葉月は再び指をついて深く礼をした。

「まことに、なんとお礼を申し上げてよいか……」

「そのように何度も礼を言わずともよい。しかと伝わっているゆえ。それに、俺は当然のことをしたまで」

答えた晴通は、気さくな笑顔だった。右近の中将という高貴な方であるのに、台座にも座らず葉月と同じ目線で座っている。

情男としては、よく知らぬ貴の男と二人きりになるのは危険なのだ。先ほどの広長のように。学んだばかりなのに、晴通に対してはそういう警戒心が湧かなかった。彼はそのような蛮行《ばんこう》には及ばないという信頼感さえあった。

「いくつか訊ねてもよいか」

彼は真面目な顔で聞いてきた。彼の何もかもに目を奪われるばかりか、下腹もうずうずとして五感に訴えてくるのだが、葉月はしっかりと「はい。なんなりと」と答えた。

「そなたはなぜ、この屋敷にいた？　広長が若い男を連れ込むのは珍しいことではないが、助けを呼んでいたのは今回が初めてだ。もしや広長にかどわかされ、連れ込まれたのか？」

ありのままに答えていいのだろうか……葉月は一瞬、怯《ひる》んだ。これでこの屋敷にはいられないことになるだろう。氏原家に送り返されるかもしれないし、自分のせいで氏原家に咎《とが》が及んだりしたら……。

それは良くないことだ。恩どころか苛《いじ》められていたというのに、葉月は考えてしまった。

口を閉ざしている葉月に向かい、晴通は申し訳なさそうに話しかける。

「すまない。厳しい言い方をして、そなたを緊張させてしまったな。俺は宮中の警護をしているせいなのか、どうにも口調がきつくなってしまうようだ」

そして、涼やかな目がふっと緩む。

「別に問い詰めているわけではないのだ。広長の所業を暴くためにも教えてくれぬか？」

その優しい口調と表情に、葉月の心はくしゃっと崩れてしまった。惟成以外、そのように自分を温かく、優しく受け止めてくれた者はいなかった。

「私は、二条広長さまの衣装のお世話係としてお仕えするように言われ、こちらへ参りました」

既に涙声だ。晴通はさらに包み込むようなまなざしで葉月を見る。

「それが夜伽の相手だったというわけか。何も知らずにここへ来たのだな。ぜひ、そなたの名前を教えてくれぬか？　どこからここへ来たのか……いや、ここへやられたのか。俺は右近の中将、二条晴通という。広長とは従兄弟にあたる」

二条家の晴通さま。存じています……葉月は晴通の名前を反芻《はんすう》しながら答えた。

「氏原の葉月と申します。父は先の権大納言、氏原重時にございます。元服しておりませぬので、幼名《ようめい》のまま、またこのようなみずら姿のままで失礼いたします」

「氏原重時どのの子息と？」

晴通は、はっと驚いた様子を隠さずに答えた。

「はい。私は末弟で、他のきょうだいとは母親が違います」

そして情の者でございます。だが、それは言わなかった。この場に必要かどうかわからないし、晴通はとっくに気づいているとと思ったのだ。

「母親違いの末弟といえど、権大納言家の子息がそのような……」

晴通は納得いかぬという顔だったが、多くを察してくれたようだった。

「だが、元服は未だといえど、子どもではないのだ。それなのに、なぜそのようなみずらを結っているのだ？　……立ち入ったことを聞いてすまぬが」

こうして気遣ってもらえるだけでも嬉しかった。葉月は涙ぐみながら答える。

「これは……このように結うべしと、家人《かじん》に命ぜられたからでございます。私は、なんというのか……背《そむ》くことはできない立場にありました。広長さまもみずらに結ったままでこちらへ来るようにと仰ったのです」

「……広長めが」

晴通は眉間を険《けわ》しくし、怒りを露《あら》わにしていた。

（私のために怒ってくださっている？）

そう思うと、より胸が高鳴った。

「広長は、若い男にそのような成りを強いて相手をさせるのを好むのだ。広長だけではない。貴公子然とした公達にも、同じような者は多くいる。嫌な話かもしれないが、今後はしかと気をつけることだ」

「……仕方ないのです。私は情男ですから」

言ってしまった。言わずにいようと思っていたのに、晴通の優しい忠告に、つい答えてしまったのだ。晴通は黙っている。やはり、憐《あわ》れを誘うようなことを言うべきではなかった。見据えられ、葉月は身を縮こまらせた。

「申しわけありません。あの……」

「情男だからといって、踏みつけられ、男の玩具《がんぐ》にされてよいわけがないだろう。同じ人間なのに」

驚き、葉月は目を瞠った。

貴の者がそんなことを口にするなど、思ってもみなかったのだ。葉月の表情に、晴通は怪訝《けげん》そうな顔をした。

「どうした？」

「い、いえ、高貴なお方がそのようなことを仰るとは思わなかったので」

葉月が答えると、晴通は苦笑交《ま》じりながら、くしゃりと人好きのする顔で笑った。

「正直だな、そなたは」

うわあ、そんなお顔で笑われるなんて……！

自分こそ、今まで人に見せたことのない豊かな表情をしているなどと、葉月は気づかない。胸の高鳴りは治まらない。しかも――。

「では、葉月どのと呼ばせてもらってよいか」

「いえ、そんな滅相《めっそう》もない！　ただ葉月とお呼びくださいませ！」

「では葉月」

この方に名前を呼ばれると、なんて幸せな気分になるのだろう。押し留めようとした梅花のような匂いが止められない。一方、晴通は、鼻から口元を扇で優雅にそれとなく覆《おお》った。

「察するに、氏原家を追われて行く所もないのだろう。取りあえずは、俺の家へ来るがよい」

……ということは、二条家の本宅へ？　葉月はふるふると首を横に振った。

「助けていただいただけでもありがたいことなのに、なんのよすがもない私に、そこまでしていただくわけには行きません」

「だが、助けるべきであったとはいえ、結果的には葉月の居所を奪ったのは俺だからな。責任を取らせてほしいのだ。なに、案ずることはない。我が家の者は皆、気楽な質で、部屋も余っておる。そなたの身の上を知れば、誰も反対などせぬ。遠慮することはない」

「そ、そうは言われましても……」

「困っている者を放ってはおけぬのだ。では早速参ろう。広長の近くにこれ以上留まることはない」

灯りを消して直衣の袖をさっと翻し、踵を返した晴通に従いながらも、葉月には放っておけないことがあった。

「この屋敷には、私の幼い頃からの側人である、惟成という者がついて参りました。ここでは下男として雇われることになっておりました。もし、よろしければ、その……」

「わかった」

晴通は即答した。

「その者も俺の家に来てもらおう。もちろんこれまで通り、葉月が側に置けばよい」

「本当ですか？」

その願いもしっかりと言えなかったのに……葉月は目を潤《うる》ませる。

「心配するな。明日には話をつけよう。しかし……」

精悍な表情が緩むと、どうしてこんなに優しいお顔になるのだろう。葉月は感謝を込めて晴通を見上げる。

（『しかし』ってなんだろう）

「葉月はよく泣くのだな」

予想だにしない返しに葉月は頬を染め、高貴な方に対し失礼だったのだろうかと、おたおたした。

「も、申しわけありません」

「怒っているのではない。宮中や貴族の中にいると、そのように感情を素直に表す者は少ないゆえ、新鮮に感じたのだ。……それだけだ。さあ参ろう」

晴通の言葉に、少し間を感じたのは気のせいだろうか。優しい笑みと言葉に導かれ、葉月は二条広長の元を去って行った。


右大臣家である二条家の本宅は、広長の屋敷よりもさらに立派だった。

いったい、いくつ棟があるのだろうか。それぞれをつなぐ渡り廊下は美しく手入れされた庭に面し、廊下の下が広い池になっている箇所もあった。蓮《はす》が浮かぶ水面の上を歩くのは、まるで本当に水の上を進むよう。かと思えば石と松の木だけで形成された庭、花が咲き誇る庭など、葉月は絵物語の中を歩んでいるような気持ちがした。

（本当に、このようなお屋敷があるのだなあ）

氏原家も、広長のいた二条家も大きくて立派だと思っていたけれど、この屋敷は迷ってしまいそうだ。なんのかんのと時間は過ぎ、もうすぐ夜明け前という時だったが、渡り廊下には松明《たいまつ》が焚かれていて辺りは明るい。

葉月は池を臨《のぞ》む一室に案内され、またまたその広さや充実した調度に恐縮してしまった。

「そなたは氏原重時どのの大切な忘れ形見だ。そのように気を遣うことはない。もっと早くそなたが置かれている状況がわかっていればと、重時どのに申し訳なく思っているのは俺の方だ」

晴通は畳の上にどっかと腰を下ろし、葉月にも座るようにと促した。

「父をご存じなのですか？」

座った葉月は思わず前のめりになる。

ああ、と晴通はうなずいた。

「子どもの頃、可愛がっていただいた。俺はまだ元服前だったが、話しかける時はいつも俺の目線に下りて膝を折って……。優しくて穏やかな方だった。父とも親交があり、よく二人で漢詩を詠み合っておられた。俺に教授してくださったこともある。だから葉月が遠慮することはないのだ」

晴通の言葉は、葉月の中にすとんと落ちた。懐かしい父とつながりがあったお方、そして家——。

「俺より三歳下の息子がいると言われていたな……その葉月を俺が助けたのも何かの縁だ。家族も喜ぶだろう」

「今だけは、な、泣くことをお許しくださいませ」

葉月はあふれる涙を袖で拭った。すり切れた直衣の布では受け止めきれないほどの涙があふれてくる。

「ここで、父の、知り合いにお会いできるとは……」

「先ほど、俺は泣くなと言ったわけではないぞ」

晴通は爽《さわ》やかに笑う。そして、しみじみと告げた。

「重時どのが亡くなられてから、辛い思いをしたのだな」

ふわりと、肩に手が置かれる。温かくて、優しくて、嬉しいのに、葉月の情の身体はそんな心を裏切る。下腹は疼《うず》き、甘美《かんび》な心地が湧き上がってくるのだ。

(ああ、そのように触れないでくださいませ……)

この屋敷にしばらく身を寄せられるのは幸運すぎることだ。だが、父と縁があったとはいえ、今日、知り合ったばかりの方にこんなに甘えてよいのだろうか。そして、たとえ短い間でも、情の身体が貴の晴通を前にして、自分の言うことを聞いてくれるだろうか。葉月の胸はその思いでいっぱいだった。

「葉月さま！」

「惟成！」

一睡もしていなかったので晴通に言われて少し横になり、目覚めたら、目の前に惟成がいた。惟成の上気した顔を見ればわかる。晴通は約束を守ってくれたのだ。

（晴通さま……）

「二条家の右近の中将さまの使いだという者が来て、今すぐこちらへ来るようにと言われたのです」

惟成の説明にも胸が熱くなる。惟成もまた、興奮冷めやらずという感じだった。

「なぜ葉月さまがこちらへ移られたのかは聞けませんでしたが、私はこちらで今まで通り葉月さまにお仕えするようにとのことでございます」

「その訳は、また話すよ……」

「いいえ！」

惟成は言い切った。

「事情がおありでも、すべて葉月さまにとって良くなっているのであれば惟成はそれでいいのです。右近の中将さまは帝の信頼も厚く、優しいお方だと聞きました。そのお方に庇《ひ》護《ご》していただいたのであれば……」

「だが、今は助けていただいただけで、この後はどうなるかわからないんだよ」

葉月は自分に言い聞かせるように惟成に答えた。そうだ、身の振り方を考えねばならないのだ。だが、ぐいっと手の甲で涙を拭い、惟成は居住《いず》まいを正す。

「この後、どのようなことになろうと、そんなことは関係ありません。私はただ、これからも心を込めて葉月さまにお仕えいたします。そして、このお屋敷でお世話になっている間は、何でもお役に立てるように働くつもりでおります。ええ、もし姫さまがおられたなら、今度は文も喜んで届けられそうな気がします」

二人は笑い合った。苦楽を共にしてきた惟成だ。彼が戻ってきてくれて葉月の中で、晴通への感謝――と思いは増すばかりだった。

「お目覚めでございますか」

御簾越しに女房の声がした。

「は、はい！」

葉月は慌てて寝具を下りて正座をする。惟成もそれに倣《なら》った。

「御簾を上げてもよろしゅうございますか」

「どうぞ」

女房は御簾をするすると上げると、葉月の前に座り、深く礼をした。

「私は女房の安芸《あき》と申します。こちらのお屋敷にお仕えいたしております」

広長の二条家で出会った伊勢や、氏原家の相模とは、葉月に対する態度や言葉遣いがまったく違う。伊勢は気のよさそうな女房ではあったけれど。

「氏原の葉月と申します。こちらは側仕えの惟成でございます」

「そのように固くなられず、お気楽になさってください」

安芸はにっこりと微笑む。

「何かお食事をお持ちいたしましょうか？　側人の方の分も一緒に」

もう日が高い。朝食の時間も寝過ごして、もうこんな刻なのか。葉月は今更ながらに驚いた。

「こんな刻まで寝入ってしまって申しわけありません。その上に食事など……！」

「疲れているだろうから、ゆっくり寝かせてさし上げるようにとの、晴通さまのお言葉でございました。それに、晴通さまがお連れになったお方に食事を召し上がっていただくのは当然のことではありませぬか」

　また晴通の優しさが心に沁《し》みる。氏原の家では食事など、使用人たちと同じものを食べていた。このように膳《ぜん》を勧められるなど初めてのことで、どうしてよいかわからない。

「遠慮せずともよいと言ったであろう？」

　そこへ晴通が現れた。「お帰りなさいませ」と、深く頭を下げた安芸に、膳を二つ申しつける。

「はい、ありがたく頂戴します」

　晴通がそう言うのなら――葉月は素直に返事した。昨夜とは違う、黒い衣装だ。冠《かんむり》を被っており、普段着ではないのが雰囲気からしてわかる。

「どこかへお出かけしていらしたのですか？」

（先ほどの女房も「お帰りなさいませ」と言っていたし…）

「ああ、参内《さんだい》だ」

「さんだい？」

「朝廷に上がって、勤めをしてきたのだ」

　晴通は根気よく答えてくれたが、葉月は恥ずかしくて真っ赤になってしまった。自分が呑気《のんき》に寝入っている間、晴通さまはお勤めをされてきたのだ！　その上、自分はその言葉の意味も知らなくて……！

「も、申しわけありません。言葉を知らないばかりか、お勤めのお帰りであったとは。私はその間、このように寛《くつろ》いでしまって……！」

「よく休めたか？」

「はい。おかげさまで……」

「それならばよい」

「でも、晴通さまは私のために、睡眠が取れなかったのではありませんか？」

そういえば、こんなにぐっすりと寝入ってしまったのは、父が亡くなって以来なかったことだ。しかも初めての場所で……。

「俺は慣れている。それに、どこででも眠れる質だから、心配してくれるのは嬉しいが気にするな」

嬉しいって仰った！　葉月の心は思わず弾む。晴通の心配と自分の無知さに呆《あき》れていたはずなのに、まったく心が忙しくてならない。

「おお、おまえが惟成か」

晴通は爽やかな笑顔を振りまき、控えていた惟成に声をかける。

「はい、この度は、どのようにお礼を申し上げてよいかわからないほどでございます」

「これまで通り、葉月によく仕えてやってくれ」

「ありがとうございます。お屋敷の所用につきましても、どうぞなんなりとお申し付けください」

「それはまた相談しよう。だが、その気遣い、ありがたくいただく」

高貴な方を前にして、舌を噛みそうに一生懸命な惟成にも、晴通は気さくに笑いかける。ちょうどその時、膳が運ばれてきて、晴通は「あとでまた来る」と言って、部屋を出て行った。

「わ、私めもここで？」

「はい、晴通さまがそのように言われましたので、どうぞごゆるりと」

恐縮する惟成に、膳を整えていた安芸がにこやかに答える。彼女が楚々《そそ》と退出すると、惟成は緊張が解けたのか、大きく息を吐いた。

「はあ、なんというお心遣いとお気持ちでありましょうか」

目の前の膳には、白米、魚の干物や野菜の蒸し物、蘇《そ》の鉢や香の物が並んでいる。木菓子——果物まで。朝と夕の間の中途半端な時間であるが、葉月と惟成にとっては豪華すぎるものだった。白い米など、そうそう食べたことはない。惟成が同席を許されたことも嬉しく、二人はありがたく膳をいただいた。

「二条晴通さまというお方は、実は菩薩《ぼさつ》さまではありませんか？」

白米を味わいながら、惟成は大真面目で言う。葉月は「そうかもしれないね」と相づちを打った。本当に、広長から助け出されただけでなく、このような待遇……まるで、突き落とされた地獄から救い出されたら、極楽にいたという感じなのだ。

（ここに置いていただけるなら、私も何かお役に立てるようにせねば）

食事が済み、惟成と共に膳を下げようとしていたら、安芸に止められた。葉月にすれば、氏原の家で惟成が使い走りをしている間にやっていた、当たり前のことをしようとしただけなのだが、安芸はやんわりと釘を刺す。

「葉月さまにそのようなこと、私が晴通さまに叱られます。……いえ、お叱りにはならないですけども」

安芸の言い分は矛盾しているが、言いたいことはなんとなくわかった。自分のせいでそれでは、安芸に申し訳ない。結局、惟成がこれからも葉月の膳の上げ下げをすることになり、その場は収まった。惟成は、安芸に教えを乞《こ》いたいことがたくさんあったので、二人は葉月を残してその場を出て行った。

葉月は改めて部屋を見回す。

御簾で仕切られた向こうに、もうひと間あるようだ。今、葉月がいる所には黒く磨きあげられた文机があり、書物を並べられそうな低い棚もあって、嬉しくなった。その他には高灯台、香炉《こうろ》と花器《かき》が置かれた小さな台がひとつ。豪華な装飾などはないが、それぞれの調度品が部屋にしっくりと馴染《なじ》み、とても落ちつく雰囲気だった。それに、部屋に面した庭の景観が素晴らしい。

「晴通だ。入ってもよいか」

渡り廊下から開け放しの部屋に顔を見せたのは晴通だった。先ほどの黒い直衣から、青地に白い紋様が浮かぶ衣に着替えていた。広長のように派手ではないのに、目を引く品のある柄だ。冠は烏帽子に代わっていた。烏帽子姿は、亡き父を思い出させる。葉月は晴通に上座を勧めたが、晴通は「かまわぬ」と言って、昨夜のように葉月の目の前に座った。

「お食事をいただきました。ご馳走さまでした。惟成の件も感謝しております。本当にありがとうございました」

葉月が丁寧に礼をすると、晴通は「ああ」とうなずいた。

「そなたと少し話がしたいのだが……そのように固くならずともよい」

「承知しました」

固い返事だ。晴通はふっと笑みを浮かべた。

「そのような生真面目さが嫌味でないのは、葉月の人徳だな……実は先ほど、権大納言家でのそなたの扱いや立場について話を聞いてきたのだ。立ち入ったことですまぬが、広長に売られた件といい、そなたが北の方の子でないとはいえ、貴族の子息に元服もさせず、みずらを強いて放置するなど酷すぎる。本来であれば、宮廷に仕官もしようという年頃なのに」

「売られた？」

葉月は驚きのあまり目を瞠る。

「私は、広長さまに売られたのですか？」

晴通はさっと顔色を変えて、顔面蒼白な葉月ににじり寄る。

「知らなかったのか？　……すまぬ。俺が迂闊《うかつ》だった。このような失言を――」

すまぬ、と晴通は頭を下げる。氏原家の人々は冷たく、醜い情男と蔑まれてきたが、まさか売られただなんて……。

そこまで私は蔑まれ、いらない者だったのか？　氏原家は生活に困ってなどいない。庶民が情の者を色子宿に売り飛ばすのとは訳が違うのだ。もちろん、それだってとても酷いことだけれど……。

「あ……」

すり切れた灰色の直衣の上に、涙がぽとんと落ちた。また泣いてしまう……そう思った時だった。

「泣くな」

葉月は晴通にゆるく抱きしめられていた。まるで幼子をあやすように、晴通は葉月の頭を撫でる。

「これは俺の失態《しったい》だ。よく確かめもせずそなたを傷つけてしまった」

「違います……私が知らなかっただけで、それは事実なのですから。私が広長さまに売られたことは変えようがないのです。ただ、私は氏原の家を出る時、捨てられたのだとは思ったけれど、それでも、誰かのお役に立てるのならと……」

「葉月、なんと健気《けなげ》なことを」

一瞬、強く抱きしめられる。こんなに接近しているのに、衝撃が大きすぎたためか、身体の疼きも梅花のような匂いも起こらなかった。葉月はただ、はらはらと涙する。

「申しわけありません、お着物を濡《ぬ》らしてしまいました……」

「そんなことは気にするな。泣けば良いのだ。葉月の気が済むまで。俺でよければこうして側にいるから」

「晴通さま！」

思わず縋《すが》りついてしまったら、彼は逞しい腕と温かな胸で応えてくれた。晴通は髪を撫で続ける。葉月はただ涙する。そうして、ややあって葉月は晴通の抱擁《ほうよう》から、そっと身体を離した。流した涙が、却《かえ》って湿った心を洗い流してくれたように感じた。

私は売られた。それ以上でも、それ以下でもない。だが、受け止めてもらえる胸があるというのは、なんと幸せなことだろうと思いながら。

「申しわけありません。もう、大丈夫です。ありがとうございました」

「大丈夫という顔ではないが」

抱きしめていた腕を緩めながらも、晴通は顔を見つめてくる。

「いいえ、これ以上、醜く泣きはらした顔をお見せするのは忍びありません。それに、私は情男です。氏原家に生まれていなければ、色子《いろこ》として売られる身だったのです。たとえ醜くても、情男というだけで大枚を払われる御仁《ごじん》もいると聞いていました。それと同じこ……」

「馬鹿を言うな！」

終始優しかった晴通が、突然荒ぶった。

「前にも言っただろう？　情の者というだけで、牛馬のように売られたり、そなたのように虐げられたりすることはあってはならない」

「は、晴通さま？」

葉月は思わず晴通の顔を見上げた。生まれも、身分も自分よりずっとずっと高い所にいるお方なのだ。その彼が、情の者が虐げられるのを怒っている……？

「よいか、俺の姉は情の姫だった。もう亡くなったが、入内して、中宮《ちゅうぐう》となったのだ。情の姫は家同士の結婚のために大切に育てられる。だが、情の男とて孕《はら》むではないか。いったい何が違うのだ」

「それは、男なのに孕むことが汚らわしいと……」

（え？）

言葉にしてみて、葉月の心の中を何かが過《よぎ》った。それは、とてもとても小さな芽生えだったのだが。

「この世では、男と女しか結婚が許されていないからだ。今の帝は、情の者……特に情の男の立場について、とてもお心を痛めておられる。ご自分の妻が情の者であったことから、三性がもたらす現状について様々なことを感じられたのだ」

「現状？」

「それは追々に話して行こう」

うなずく晴通の瞳は真摯《しんし》な輝きに満ちていた。そして、葉月は訊ね返さずにいられなかった。

「お上が……私たち、情の者のことを考えていてくださるのですか？」

帝は、実在するかどうかもわからないほどに遠い存在だった。そのようなお方が？

「そうだ。ご自分よりもまずは民のことを……素晴らしいお方だ。そなたはお上のことを何か知っているか？　深いことでなくとも、お優しいとか聡明《そうめい》だとか、民のことを第一に考えておられるとか、そういったご評判を」

「いいえ、知りません……」

「そなたも貴族の一員だ。学問や礼儀作法などはご両親に授《さず》けられたのだろう。では、宮中でのまつりごと、官位や国の仕組み、馬に乗ること、矢を放つこと、それから、他者に自分の考えを言ってもよいこと、何もかも言いなりになる必要はないこと。ああ、それから……！」

「知りません、何も知りません……」

葉月は激しく首を振った。自分が知っているのは、音曲や詩歌をたしなむこと、漢文などの学問、それは亡き両親から授けられたものだ。だが、氏原の屋敷の外のことなど、ましてや貴族社会や宮中のことなど、何も知らなかった。

「おまえは籠に囚われた鳥だったのだ。少年の時期から、世の常識も、仕組みも、何も教えられずに生きてきた。だが、それはそなたのせいではないのだ」

「私のせいでは、ない？」

ああ、よくわからない。葉月は晴通の言葉をなぞった。

「そうだ。そなたは様々を知り、学び、考え、判断する機会を奪われてきたのだ」

晴通は熱く語った。叱られているのではない、諭されているのだということがわかった。

葉月は震える声で問い返す。あれは、思い出すのも嫌な出来事であったけれど。

「私は、広長さまを拒絶しました……。氏原家でよくお仕えするようにと言われて、初めて言いつけを破りました。それは、いけないことではなかったのでしょうか」

晴通の切れ長の目が優しく凪《な》いだ。ああ、なんてお顔で微笑まれるのだろう。

「そうだ。氏原の北の方や広長の言いなりにならず、そなたは自分で自分を守った。それは素晴らしいことだ」

「で、でも、実際に助けてくださったのは晴通さまです。私ひとりではあのあと、どうなっていたか」

どきどきしながら葉月は告げる。晴通の目は、さらに優しくなった。

「それでも……だ。そなたが助けを呼ばなければ、その声が俺に届くことはなかったのだから」

「まるで、運命が助けてくれたように思います……」

ぼうっとしていた葉月は、思うままに口走ってしまっていた。自分が大胆なことを言ったのだと気づいたのは、晴通が声を上げて笑っていたからだ。とても楽しそうに。

「あっ、あの、軽々しく運命だなどと、申しわけありません！」

「可愛いことを言う」

晴通の目は、まるで幼子を見るかのように慈《いつく》しみ深いと葉月は感じられた。実際、自分は世間知らずの幼子と何も変わらないのだ。だがその視線の温かさは知らないわけではない。もうずっと昔、母や父が生きていた頃に知っていたような――。

「番《つがい》という伝説を知っているか？」

「つがい、でございますか？　鳥や獣たちの？」

葉月は知らず、小首を傾げていた。その話題が、この流れの中で唐突に思えたのだ。そして晴通の顔が、何故か一瞬で真顔に戻る。

「いや……今はいい」

言いかけたことを打ち消し、晴通の話は先に進む。それも少し違和感を感じずにはいられなかったのだが、葉月はそれ以上深く考えずに晴通の話に向き合った。

「それよりも、これは俺の考えだが、そなたは行く所がない。氏原家に戻ることは断じて止めた方がいい。だから、こうなることは運命……というか、縁だ。葉月、これから先はしばらくの間と言わず、惟成と共に、この二条家に留まればよい。そして、俺がそなたに様々なことを授けたいと思うのだ。今のそなたは危なっかしくて放っておけぬ」

「晴通さま……」

葉月は目を瞠った。

「俺は、親鶏になった気分だ」

その冗談は苦笑交じりだったが、葉月の心に優しく刺さった。

「では、私は晴通さまの雛鳥でございますね」

「……そなたは本当に可愛いことを言うな」

晴通は、また同じことを言う。

「はい」

あとで、このやり取りを文にしたためよう——この、あふれて止まらない感謝を、詩歌に込めて伝えるのだ。葉月は指をつき、深々とお辞儀をした。

「身に余るお申し出、ありがたく受けさせていただきます」

そして葉月は顔を上げ、瞳を輝かせた。

「私は、このお屋敷でお世話になろうと、今、確かに自分で決めたのです」

晴れやかで、先へ進めそうな力が湧いてきていた。急激に目の前が拓《ひら》けていく。晴通はしっかりとうなずく。

「それで良い」

ああ、晴通さまがそう仰るのだからこれでいいのだ。これが、自分で決めるということなのだ。葉月は踊り出したくなるような心持ちで答えた。

「このような気持ちは初めてございます」

「その思いの名を知っているか？」

「いえ」

「解放と、誇りというのだ」

知らない言葉ではない。だが、今の気持ちのようなことも表すのだ。言葉が書の中から出てきて、自分の中で息づく鼓動を初めて感じる——葉月は深く思い入った。

（きっと今宵は、良い詩歌が詠めるに違いない）

「そなたは、もっと自分に自信をもつことだ。先ほど、自分のことを醜いと言っていたが、それも刷り込みだ。そなたは自分の美しさを知らない、信じていないだけなのだ。ああ、もちろん人の質は容姿だけで判断すべきものではないが」

父上と同じことを仰っている。葉月の胸は熱くなった。万感を込めて、今一度、礼を言う。

「ありがとう、ございます……」

早く歌が詠みたいと葉月は思った。誰かのための歌ではない。自分の心と言葉で詠むのだ。その傍らで、冷静になって考えている自分もいた。

今日は昨日のように、晴通に対する身体の疼きには見舞われなかった。同じ貴の者である異母兄にも、広長にも抱かなかった甘やかで罪深い疼き。もうあのような淫心《いんしん》は起こさぬようにしなければ。それには、もっと質の良い、匂いを抑える薬が必要だ。

氏原家では、北の方から直接渡されていた。

――おまえが卑しい匂いをまき散らして、客人たちを誘惑せぬようにな。

冷たい声が蘇る。だが、これからは自分で用意せねばならない。そのためには――。


晴通が言った通り、二条家の人々は皆、温かく葉月を迎えてくれた。

晴通の父、右大臣の二条兼通《かねみち》は、旧知の仲であった葉月の父を偲《しの》び、その北の方、晴通の母である笙子《しょうこ》は葉月が生家で辛い思いをしていたと聞き、涙を流してくれた。そして晴通の妹、静子《しずこ》には、三歳の女の子と二歳の男の子、二人の子どもがいた。静子もその夫君も葉月と年が近く、気さくな人たちだった。

そして何よりも、彼らは情男である葉月に対し、蔑みの感情を持っていなかった。高貴なる右大臣家の家柄で、皆が貴の者だ。その中でひとり、晴通の姉である初子だけが情の姫だったのだという。

若くして亡くなった姫だが、皆が彼女の人となりを誇りに思い、家族はもちろん、屋敷に仕える者たちからも深く慕《した》われていた。初子姫の存在が、情の者への蔑みを生まれさせなかったのだと、葉月にもわかった。

(氏原では、女房たちにも嫌がられていたのに、こういう方たちもいるんだな……)

『葉月は音曲の名手であるらしいぞ』

それどころか、晴通が言うと(どうやら情報源は惟成のようだ)皆は聴かせてほしいと期待に目を輝かせた。

「とんでもございません!」

今までは、陰で演奏していただけ。人前で披露《ひろう》するのは初めてなのだ。恐縮した葉月だったが、お世話になっているのだから、自分の奏でるもので皆に喜んでもらえたら……と、笛と箏を披露した。

「俺もぜひ聴きたい」

晴通のそのひと言が決め手となったのはここだけの秘密だが、自分を認め、肯定してくれる晴通に応えたかったのだ。

満月の夜、その場は設けられた。家の者を中心に、使用人たちも集まってきている。月光で幻想的でありながら、とても温かな場だった。

まずは笛から。使い込まれた、父譲《ゆず》りの古いものだが、これ以外で奏でることはない。そして箏もまた、母の形見である。

二条家へ来てからみずらは結わず、後頭部でひとつに結わえている。新しい橙《だいだい》色の直衣は晴通の見立てで、葉月の白い肌を引き立てている。葉月はすっと顔を上げ、笛を奏でた。

満月に合わせ、幻想的な曲調のものを選んだ。澄《す》んだ夜の空気の中でその旋律は哀愁をもって響き渡る。

「まあ、なんて素晴らしい音色でしょう」

「それに、なんとこう……胸を打つことか」

扇で顔を隠したり、着物の袖口で涙を抑えている人が何人もいた——と、あとで惟成に聞いた。箏もまた同じで、多くの人が感嘆し、多くの涙を誘っていたと。

『故郷へ帰りたくなるな』

とある使用人は、惟成にそう語ったという。

『本当にいいものを聴かせてもらった。殿や若君に感謝だ』

それ以来、北の方は「箏を聴かせておくれ」と度々葉月に乞うようになり、晴通の妹の静子は箏を、その夫は笛を指南してほしいと頼んでくるほどだった。そして晴通は——。

「葉月が奏でる音は、まさに心に訴えてくる。それは、葉月が哀しみの心を知っているからであろうな。その心が、人を癒やすのだ」

最高の賛辞をもらい、葉月は心が舞い上がりそうだった。ただ好きで、それしか楽しみがなかったから……。

「あ……」

「どうした」

「私自身がそうだったのです。音曲でいつも自分の心を慰《なぐさ》め、癒やしていたのだと、いま気がつきました」

「そういうことだ」

晴通は涼やかに微笑む。そして少々意味ありげなまなざしで——というよりも、いたずらっぽいまなざしで葉月を見た。

「そういえば、権大納言家の音曲の集まりは、とんと開かれなくなったらしいな」

「あ、そ、そうですか」

葉月はどきどきして目を伏せてしまう。晴通にときめく心が戻ってきた——。

（だめだよ葉月。今日は晴通さまにお願いしたいことがあるのだから……）

こんなふうに、笛や箏を奏でたり、時には静子の子どもたちの相手をしたりして、葉月は日々を過ごしていた。晴通の甥と姪にあたる子どもたちに、とても懐かれていたのだ。

そして、晴通は宮廷での勤めの合間に、世の中の仕組みや常識など、生きていく上で葉月が知るべきことを教えてくれた。新しい和歌集や物語本、日記などにも出会えた。気になっていた『星影日記』の続きも読むことができた。だが、氏原の家では忙しくしていたので、時間が余ってしまうのだ。

（貴族の方々って、優雅に暮らしておられるんだなあ）

逆に、そんなことを知ったほどだった。尤《もっと》も、自分は晴通や他の貴族の子息のように、任官していないからであるけれども。

「晴通さま、今日はお願いしたいことがございます」

葉月は深々と頭を垂れた。

「なんだ、改まって」

晴通は葉月の真剣な様子に少々驚いているようだった。たとえば、ふわりと咲くおみなえしの花が、突然、凛《りん》とした桔梗《ききょう》に変わったかのような。

「二条家に住まわせていただき、日々、感謝と幸せしかございません。でも、このまま何もせずに置いていただくのは申しわけがなく……つまり、私に仕事を与えていただきたいのです」

「幸せならそれでよいではないか。これまで苦労を重ねてきたのだから」

答えは優しいものだった。

「それに、何もしていないわけではない。母上やその友人たちに箏を聴かせたり、静子の子どもたちの相手をしているではないか。静子がたいそう喜んでいたぞ」

「いいえ、そういった類いのことではなく」

葉月はきっぱりと言い切った。

「北の方さまや静子さま、太郎《たろう》君や光子《みつこ》姫さまのお相手は、今後も喜んでさせていただきます。それは勤めではなく、私自身も楽しませていただいているのです。だから、それ以外に、私をこのお屋敷で雇っていただきたいのでございます。どのような下働きでもいたします」

もっともっと親切な皆さんのお役に立ちたい。だから、本当は給金などいらないのだった。惟成からは、二条家より過分な手当てを賜《たまわ》っていると聞いた。だが、匂い消しの薬を手に入れるために、自分には日銭が必要なのだ。

「雇うなど……惟成が十分に屋敷のためにも働いてくれているし、そなたは何より重時どのの子息だ。使用人と同じ扱いにするわけにはいかぬ」

でも、そうやって生きてきたのです。他の生き方を知りません。それに……！

目を見開いて、返しそうになった時だった。

「……何か欲しいものでもあるのか？」

晴通は優しく訊ね返してきた。

「じ、情の匂いの薬を……」

ごまかしきれなくて葉月は俯《うつむ》いて答える。

「私たち情の者は、淫らな匂いを発して周りの方々をゆ、誘惑すると申します。気分を害する嫌な匂いでもあり、近づきたくないのに身体が心を裏切って淫心を抱かせるのだと。その匂いを抑える薬が、手持ちのものがもう……」

「よい、それ以上言うな！」

葉月の口は晴通の袖口で封じられた。片膝ついた彼は、片方の手で葉月の肩を抱いている。驚いた葉月は、より大きく目を見開いて晴通を見上げた。胸の鼓動が高まる。

「言いにくいことを言わせて悪かった」

「なぜ、晴通さまが謝られるのです？」

葉月はわけがわからない。晴通は困ったように笑う。

「そのような顔をするな」

ますますわからない。彼は何を言わんとしているのか。貴の方に情の者の事情を打ち明けるなど、恥じらわずにいられなくて、はっきりと言えなかった。だから、そのことで晴通を煩《わずら》わせてしまったことは間違いないのだと葉月は思った。

「申しわけありませ……」

「今まではどうしていたのだ。氏原家では」

だが、葉月が詫びるのを断ち切るようにして晴通は訊ねてきた。口元から、晴通の袖はすっと離れていった。

「北の方さまから直接いただいていました。発情もしていないのに、おまえは匂いが酷いからと仰って……あっ」

話の流れで発情を迎えていないということを白状してしまった。葉月は慌てたが、晴通はそのことには触れなかった。

（そうか、広長さまから助けていただいた時に、広長さまは発情前の情男を相手にすることが云々《うんぬん》って、話をしていたから……）

一方の晴通は眉間を険しくしていた。長い指を、とん、と眉間に当てている。

「まったく、氏原の北の方は……そなたを醜いと思い込ませた上に、そのような偽《いつわ》りまで。

いったい、どうしてそこまで葉月を虐げていたのだ」

「偽りとは何がですか？」

「情の者の匂いは、そのように気分を害するものではない。ただ、特に貴の者に対し、愛を通じたいと共鳴させるのは確かだ。北の方はそれを誘惑だと言ったのだろう」

葉月は黙って聞いていた。二条家に身を寄せて、自分の常識が世間のそれとあまりにもずれていることを思い知った。無知なことも多かった。今もそうだ。葉月はいつも晴通の雛鳥で、親鶏に教え諭されることは多かった。晴通の話は続いている。

「中には広長のようなやつもいる。情の匂いは己の身を危険に晒《さら》すこともあるのだ。だがそれは、情の者が悪いのではない。淫心を抱くのは、自分を制することのできない貴の男だ。薬は情の者が己の身を守るためにあるのだ」

——ああ、嫌だこと、これだから情男は……おまえは今日から奥《おく》の離れへ行くがいいわ。

——この頃いやらしい匂いが強くなってきたわね、発情が近いのではないの？

——おまえが女ならば、入内させることもできたのに。なんで男に生まれたのかね。

思い出される数々の言葉……。いやらしい匂いを消すのではなく、自分を守るため……

晴通の言葉が葉月の心を押した。

「晴通さま……私はなぜ、本当のことを教えてもらえなかったのでしょうか」

目に涙を浮かべ、薬月は訊ねる。甘い匂いが漏れ出ていくのがわかる……最近、薬が飲めていなかったから濃い匂いだ。それなのに晴通さまは惑わされず、私の近くにいてくださるのだ――。

それは、喜ばしいことなのに一抹の淋しさもあって……。晴通の眉が険しくなっている気もする。いけない、離れなければ……。だが、この方のお側にいたい。晴通さまのお言葉は嬉しく、安心したけれど、やはり私がいけないのだ。晴通さまにこのような思いを抱いてしまって。

「氏原家の皆は、そなたを妬んだのだろう。身分も三性も、自分たちより劣っていると思っていたそなたが、実は自分たちより美しく才もあることを。あげく、広長にそなたを牛馬のように売った……まったく、人をそのように見下すことの方が卑《いや》しいというのに」

「私は……悪くないのですか？」

「そうだ、前にも言っただろう。もっと自分に自信を持って生きろと」

「晴通さま！」

――縋りつきたい思いを声だけで抑えた自分を褒めてやりたいと薬月は思った。だから、晴通さまを煩わせないためにも薬が欲しい。

「薬は、こちらで用立てよう」

葉月の思いを汲んだかのように、晴通は静かに言った。

「ならば……！」

「わかっている。ただでは受け取れないというのだろう？　それならば、俺の身の回りの世話をしてくれ。以前の側用人は故郷へ帰ることになり、辞したところなのだ。世話と言っても俺が頼んだことをしてもらうだけだ。俺は女房に世話をされるより、男の方が気楽でいいのだ。安芸のように気性のさっぱりした者もいるが、あれはもともと、静子の女房だからな」

晴通の表情は柔らかくなっていた。薬があれば晴通さまのお側にいられる。

「ありがとうございます。心して勤めさせていただきます」

「頼んだぞ。だが、そのように身構えることなく気楽にな。そして、俺がいない時は静子の子どもたちの相手をしてやってくれぬか。太郎も光子もそなたのことが大好きだと静子から聞いている。静子は今身篭《みご》もっているゆえに、子どもたちの相手をしてくれると助かるというのだ」

「承知いたしました！」

葉月は明るく答えた。太郎君も光子姫も大好きだ。二人の相手をすることで静子さまの身体が楽になるのならば、こんなに嬉しいことはない。

「母上が箏や笛を聴かせてほしいという時も、相手をしてやってくれ。これからはそうそう、葉月に無理を言うなと伝えておくから」

「無理などではありません。私も楽しませていただいているのですから、北の方さまにそのようなことは仰らないでください！」

「わかった」

晴通は立ち上がった。二人の間の距離は広くなったが、葉月の匂いはしっとりと甘さを増している。晴通はそのことに気づいているだろうに、爽やかに笑った。

「では、さっそく薬師に文を書いて、惟成に薬を取りに行ってもらおう」

「ありがとうございます。何から何まで……なんとお礼を言ってよいのやら」

「そなたは、俺や静子や太郎、光子、そして母上を和ませてくれている。それだけでいいのだ」

晴通が部屋を出たあと、彼の直衣の残り香が漂っていた。その中にひと筋混じる、自分とはまた違う、酒のような甘やかな匂い――は気のせいだろうか。

葉月は懐に手を忍ばせた、そこには、晴通を親鶏に、そして自分を雛鳥になぞらえて詠んだ、感謝の文が入っている。

（今日も、渡せなかった）

『何も知らない雛鳥は、親鶏が見せてくれた世界に目を輝かせています。これからも、親鶏のそばで、様々な景色を見られますように』

これは恋文ではないのだが、誰かに詩歌を贈るなど初めてだった。さらに、男同士でこのように文を送ってもよいものかと悩んでしまい、渡せないでいるのだ。

だが今日もまた、晴通への感謝の思いが募《つの》った。礼の代わりに、自分がどんなに喜んでいるのかを伝えたい。

取り出した文をまた仕舞う。文を入れた辺りが胸の鼓動と呼応して、次第に熱くなっていった。

——晴通さま。

その思いの名を、自分はもう知っていると葉月は思った。それこそ、誰かから教えられたわけでもないのに。

「はじゅき、もっと、きものつくって！」

「はい、今度は何色にしましょうか」

「これ！」

晴通の姪にあたる光子は、ほんのりと桜色の紙を指差した。

光子は雛遊び――お人形遊びが大好きで、葉月が作る人形や、着せ替えの着物などに夢中だ。着物だけでなく、ちょっとした調度品なども紙を折って作るので、葉月が相手をするようになってから、大喜びなのだ。

「では、ちょっと待っててくださいね」

葉月が人形の着物を作っている手元を、光子はにこにこしながら覗き込んでいる。やがて桜色の着物が出来上がると、光子は目を輝かせた。今回の着物には、少し濃いめの桜色の紙をちぎって、花びらに見立てたものが散らされている。

「かわいい……」

手のひらの上に乗せ、光子はうっとりと見入っている。昨日は薄紫と若草色の着物を作ったのだが、光子いわく、お姫さまは結婚するので、そのお支度に着物がたくさん必要なのだそうだ。

「きせてみる！」

「はい、どうぞ」

お人形は今起きたところらしく、夜着姿だった。横たわっていた寝具も、もちろん葉月が作ったものだ。新しい着物に着替えさせると、それはそれは可愛らしい姿となり、光子はお人形を胸に抱きしめた。

(可愛いのは光子さまです)

葉月は心の中で呟《つぶや》く。もちろん嬉しいし、光子の仕草や表情、反応などすべてが愛おしい。

「ほんとうに、はじゅきはじょうずね」

「ありがとうございます」

尊敬や感動が込められた大きな目で見上げられ、微笑まずにいられない。すると、光子はにっこりと笑い返した。

「はじゅきも、わらうととってもかわいいわ」

無邪気な物言いに恥じらってしまう。心がふわりと温かくなる。傍目には、少年の面差しを残した男が雛遊びの相手をしているという妙な風景だが、部屋を囲む庇《ひさし》に侍った女房たちも、皆ほっこりとした様子で二人のやり取りを見守っている。皆、昔自分もこうして遊んだことを懐かしんだりしているようだ。

「おばあちゃま、みて！」

「まあ、可愛らしいこと」

そこへやってきた北の方に、光子は得意そうに新しい着物を着た人形を掲げてみせる。

「本当に葉月は指先が器用だこと」

「もったいのうございます」

まさか、雛遊びの相手をしたり、人形の着物を作ったりする日がくるとは思わなかったが、周りから喜ばれ、賞賛を受けるのだ。音曲を奏でることもそうだが、そういう時、自分も心から楽しんでいるのだ。特に――。

(幼い子の相手がこんなに楽しく、自分の糧《かて》になるとは思わなかった)

光子の相手をして人形遊びをする時には、声音を変えたり、ちょっとした口癖などを交えて、性格を演じ分ける。光子はいつもお姫さまだから、葉月が演じるのは、友だちの姫だったり、女房だったり、公達だったりするのだが、そういうことにやりがいを感じるのだ。

(男である私が、雛遊びにやりがいを感じるなんて、おかしいかな？)

『子どもたちの相手はどうだ？』

晴通に訊ねられた時、光子も太郎もとても可愛らしく、自分も心が温かくなることを伝え、そして葉月は『雛遊びのやりがい』について晴通に意見をうかがってみた。

『何ごとにもやりがいを感じるのは素晴らしいことだ。おかしなことなど微塵《みじん》もない』

『そうでしょうか』

きっぱりとした晴通の答えに葉月は安心を覚える。

『それで光子が満足し、喜んでおるのだ。光子をさらに楽しませようとすることは葉月の努力ではないか。それがたまたま雛遊びだっただけのこと』

『ありがとうございます。これですっきりしました』

『なんだ、そんなに悩んでいたのか?』

晴通の笑顔は優しい。晴通の笑みを見ることができて嬉しい。

『光子は気難しいところがあったのだが、葉月が来てから、にこにこと機嫌がよくなったと、静子も母上も喜んでいる。反対に太郎はおとなしすぎたのだが、独楽《こま》を覚えてからというもの、活発になった』

『はい、太郎さまは独楽をたいそう気に入ってくださって』

始めは葉月が回すのをただ見ているだけだった、光子の弟、太郎だったが、一度やってみるとその面白さに気づいたようなのだ。もちろん、独楽も葉月が手作りした。幼い頃、独楽回しの達人と言われた惟成に材料を調達してもらい、作ったのだ。

『惟成に勝負を挑んでおられます』

『先日は私にも挑んできた』

『本当でございますか！』

　それは知らなかった。晴通はやんちゃっぽい表情を見せる。そうすると、やはり甥のこと、太郎の面差しと似ていると葉月は思った。新しい発見だ。

『太郎は、おそらく葉月のことを驚かせたかったのではないか。それで近いうちに太郎と勝負をするからそのつもりでいてくれ』

（宮廷のお勤めも忙しいのに、幼い甥御《おいご》君との約束も果たされるのだな）

　それは温かな感動だった。その秘密を胸に秘め、葉月は今日も太郎の独楽の相手をする。丸い盆の上で独楽を手回しし、どちらが長く回るか競うのだ。ときには二つの独楽がぶつかり合う時もあり、太郎は歓声を上げる。すると、

「こまばっかり、ずるいわ。たろう、はじゅきは、つぎはおねえちゃまのばんよ！」

「ちがーの！」

　太郎も負けていない。やがて葉月の取り合いになってしまう。両方から袖を引っ張られる葉月は、少し困りながらも二人の様子が可愛くてたまらない。でも、順番は順番だ。

「太郎さま、あと一回したら、葉月は光子さまとお雛遊びをいたします。光子さま、あと

一回、待っていてくださいね」

葉月がにこっと笑うと、光子は少し拗《す》ねた様子で「はーい」と答え、太郎は唇を尖らせてこくんとうなずく。

「順番を守ることができて、光子さまも太郎さまもすごいです。葉月はお二人が大好きです！」

二人を小脇に抱えてぎゅっと抱きしめると、光子も太郎も抱きしめ返してくる。

「みちゅこも！」

「たーも！」

(子どもって可愛いなあ……愛した分だけ返してくれる……のかな)

もちろん他の子は知らないからわからないけれど……。そして、自分は子を産める情の者であっても、男であるばかりに命を生み出すことは許されないのだ……。

少し淋しくなってしゅんとなりそうになった時だった。

「おお、これはどうしたことだ」

「おじしゃま！」

「じーうえ」

「晴通さま！」

子どもたちの部屋に晴通が現れた。太郎との独楽の勝負は今日だったのだ。

「お二人がとてもお利口で可愛いので、思わず抱きしめてしまったのです。申しわけありません」

お世話になっている家の御子《おこ》たちに、みだりに馴れ馴れしくしてしまった。葉月は慌てて頭を下げると、光子も太郎もさらに葉月にしがみつく。

「はじゅき、だいしゅきだもーん」

「だもー」

「はは、なんだ三人とも。じーうえは何も怒ったりしていないぞ。仲良きことは良きことだ」

まだ言葉がおぼつかない太郎は晴通のことを「叔父上」と言えず「じーうえ」と呼ぶ。晴通はそれをとても気に入っているのだった。二人の母である静子にも、最近そう呼ばれるのだそうだ。

「晴通さま、お越しいただきありがとうございます」

二人を抱きしめたことに何も言わず、温かくこの場を包んでくれた晴通に感謝し、葉月は深々と礼をする。今日の晴通は渋い緑色にひし形を染め抜いた直衣を着ていて、それが男らしい美貌を引き立てている。葉月の胸はとくんと鳴り、だんだん速くなっていく。

（いけない。お子さまたちの前なのに）

「なんだかいいにおいする」

「庭の花が咲き始めたのだろう。あとで一緒に摘《つ》もう」

匂いが……？　葉月は身をかきむしりたくなった。どうして？　薬はしっかりと飲んでいるのに。

晴通は知ってか知らずかさりげなくこの場を収めてくれたけれど……。葉月は懸命に心を鎮めようとする。晴通に会えて、制御のきかないところで心身が喜んでいるのだ。それがありありとわかった。

「今日は、太郎と独楽の勝負に来たのだが」

晴通はさらりと告げる。

「これから、太郎さまと私で独楽を交え、そのあと、光子さまと雛遊びをすることになっております」

「そうか、順番があるのだな。では、俺は光子の雛遊びが終わるまで待っているとしよう。太郎との勝負を葉月にも見てもらいたいからな。よいか、太郎」

「あい！」

太郎は大好きな「じーうえ」が来てくれたのが嬉しくて、元気に返事をする。晴通はゆったりと座り、葉月と太郎が独楽を回すのを見守っていた。

晴通が見ていることに緊張してしまい、――それは、とても慈愛に満ちたまなざしだったけれど――、匂いが漏れ出ないようにと気が気でなく、回した独楽もふらふらと不安定になってしまい、太郎に負けてしまった。

「わーい！」

「すごいではないか、太郎。上手になったな」

晴通は太郎を抱き上げ、得意そうな丸い頬をつん、と指でつついた。そんな他愛ない触れ合いに見せる晴通の穏やかな表情……甥を抱いたその姿に見蕩《みと》れてしまい、葉月は下腹を疼かせた。

「おじしゃま、あとでみちゅこもだっこして」

「わかった、わかった」

そんなやり取りにも心がざわつく。晴通が優しいのはわかっているのに……！

「光子さま、お待たせいたしました。新しいお着物を作りましょうか？」

「きょうは、おひめさまは、ねことあそぶの。ずうっとねこがほしかったのよ。おかあしゃまが、やっとおゆるしくださったの」

「それはようございました。何色の猫にいたしましょう」

「ちゃいろで、しろのもようがあるのよ。しっぽはくるんってなってて、すずもついているの」

この頃の光子は雛遊びを通じて、自分なりの物語を作っているようだ。

子どもの想像力ってすごいな、もっと伸ばしてさし上げたいな……葉月は猫を作りながら、身体の疼きが無垢《むく》な子どもたちに癒やされていくのを感じた。尤も、太郎を膝に座らせた晴通が雛遊びの様子を見ているので、胸の鼓動は忙しかったけれど。

「にゃーん、おひめさま、ねこでございます」

「かわいい！　おまえのなまえは『るり』よ！」

「なんて素敵な名前でしょう！　嬉しいです。にゃーん」

それから光子は人形でお姫さまを、葉月は猫の役で遊んだ。

（晴通さまの前で、にゃーん、なんて恥ずかしいな……）

身体の疼きはやがて、照れくささに変わっていった。雛遊びにキリがつくと、おとなしく待っていた太郎の番。今度は光子と葉月で二人の勝負を観戦する。

「俺は子どもの頃、独楽では誰にも負けなかったのだ」

不意に葉月を見やってそう言うと、真剣な顔で太郎と睨み合う。

「いざ！」

子どもの手に合う小さな独楽を大人が手回しするのは案外難しい。晴通は勢い余って盆の外に飛び出してしまったりしたが、勝負は引き分けで終わった。

「今度は勝つからな」

「かつー！」

晴通は太郎を勢い良く高く抱き上げた。太郎はきゃっきゃと喜び、光子はちょっと淋しそうな顔をする。

「おとこのこはいいな」

「今度、静子に見つからないように、光子も同じようにしてやろう」

「ほんとう？」

光子は目を輝かせる。それから葉月と子どもたちは遊び道具を片づけた。子どもたちはこれから昼寝の時間なのだ。

急に二人きりになって葉月の鼓動はまた高まりだしたが、ちょうど女房の安芸が白湯を持ってきてくれた。

「お二人とも、楽しそうでございましたね。晴通さまも葉月さまもお疲れでしょう」

「いや、久しぶりに童心に返って楽しかった」

「それはようございました」

安芸が微笑んでその場を辞すと、器をぐっとひと掴みして、晴通は白湯を飲み干した。そして、ふう、とひと息つく。

「猫のるりだったか、とても上手かった」

「おからかいにならないでください」

葉月は頬を染める。

「私は男で、雛遊びをしたことはありませんし、あのように猫の鳴き真似など、本当は恥ずかしかったのでございます！」

「だが、楽しんでいただろう？　俺も楽しかった。独楽も、雛遊びを見るのも」

晴通は真面目な顔だった。からかいなど微塵も含んでいない。

「そなたは本当に子どもの相手に秀でているのだな。その人形も、着物も独楽も、葉月が作ったのだろう？　光子と太郎の興味や好みを考えて。そして最後に片づけまでさせるとは、俺は感心しているのだ」

貴族の子どもたちに片づけなど不適当だったか。だが、二人とも習慣づいて、ちゃんと自分たちの使ったものを片づけるようになったのだ。

「本当に、あれでよろしかったのでしょうか」

おずおずと訊ねると、晴通は笑った。

「感心したと言っているだろう?」

葉月はほっと胸を撫で下ろす。子どもの世話や相手が好きだとわかったとはいえ、どうやっていけばいいのか、自問自答の日々だったのだ。母親の静子は「むずかしく考えないで」というだけで他に相談する者もおらず、晴通にそれでいいと言ってもらえて本当に安《あん》堵《ど》したのだった。

「あのお方にも、葉月のような者がいれば……」

自分でも知らず声に出して呟いてしまったのだろう。晴通ははっとした表情を見せた。

「いや、なんでもない」

晴通にしては不自然な感じがしたが、彼がそう言うのだからと、葉月はなんだろうと思いつつも、口を噤《つぐ》んでいた。すると、

「そなたは本当に聡《さと》いな」

不意に晴通は言った。彼の目が、まっすぐに自分を見ている。

「こういう時、相手のことを慮《おもんぱか》り、不用に口を挟むなどしない。宮廷の官吏《かんり》でも、小耳に挟んだことを知りたいばかりに空気を読めない者が多いというのに」

葉月は、いえいえと顔の前で手を振る。そのように立派なことではなく……。

「私はただ、晴通さまがなんでもないと仰るのだからそうなのだろうと思っただけで……」

晴通の表情がまた変わる。少し目を見開き、そして細められる。包み込まれるような微笑みだった。

「そうか。それもまた俺にとっては嬉しきことだ……さあ、もう行かねばならぬ。楽しいひとときだった」

彼はそう言って、妻戸《つまど》を開けて部屋を出ていった。

（晴通さま……）

残された葉月は、上気した頬を両手で押さえ、背筋を正してしゃんと座っていたのに、くしゃりと力が抜けてしまった。

（どうしよう……）

今日、このひととき、晴通がくれた自分への言葉……それはどれも葉月を柔らかく、温かく包み、時に身体を疼かせた。――この思いの名を知っていると、もうわかっていた。

だがそのことに触れぬよう、向き合わぬよう、過ごしてきたのに。

（私などお側に寄れないような、ずっとご身分の高い方なのに。いや、何よりも男の方なのに……）

情の者として孕む力をもってはいても、情男は、北の方にはもちろん、妾のひとりにもなれない。広長のように、日陰の遊び相手にされるしかないのだ。

だが、情は貴の放つ匂いにこそ反応し、逆もまた然り。だが、それは情の姫には認められながら、情男には男だというだけで許されないことなのだ。

では、この思いはどうすればいいのか。情の者の恋は、心を寄せ合うだけの穏やかなものではない。心と身体を分けられないのだから。

二条家へ来てから、葉月は晴通に三性について記された書を与えられて熟読し、こうしたことを学んだ。だから今は情という性のことも頭では理解しているが、発情もまだの身でありながら、薬も以前より質のよいものを飲んでいるにもかかわらず、身も心も晴通に惹かれていくのを止められない。

いつかきっと、そう遠くない未来に、晴通が欲しくて身体の疼きを持て余し、悶《もだ》え苦しむ時がくるのだ。

(どうして、晴通さまなんだろう)

私を救ってくださった方なのに。

私に教えを施《ほどこ》し、居場所を与えてくださった方なのに。

私を否定せず、包み込んでくださる方なのに
(恋をするなっていう方が無理……なのに)

どうして出会ってしまったんだろう。その幸せを否定している今この時が、葉月は辛く

てたまらなかった。

三

本格的に夏が始まり、二条の屋敷では夕涼みの音曲の宴が開かれた。

二条家で毎年行われる大きな催《もよお》しで、葉月も箏を演奏した。その哀愁を帯びた音色は、集まっていた貴族たちを感動させてやまなかった。

「弾いている若者は、まだ元服前であるようだが、どちらの子息なのだろう」

「なんでも、権大納言家の末弟を二条家でおあずかりしておられるそうな」

「では氏原の？　氏原家にこのような若者がおられたとは……それにしてもああ、良き音色よ」

などの声が囁かれた。一方、姫君たちの間では、

「綺羅星《きらぼし》の君は箏の名手であったけれど、きっとこのような音色だったのではないかしら」

「奏でておられるお方の顔が見たいわ……とてもきれいなお顔立ちをされているのはわかるのだけれど」

などと『星影日記』を引き合いに出す様子も見受けられた。

「素晴らしかったわ、葉月」

「まことに、我も誇らしかった」

宴のあと、二条の北の方や右大臣から賞賛され、葉月は謙遜して礼をした。

「もったいないお言葉でございます。このような機会を与えていただき、私こそお礼を申し上げさせてください」

そんな三人の姿を、晴通と妹の静子が見守っている。

晴通は、先ほどすれ違いざまに笑顔でうなずいてくれた。自分にはもったいない賞賛は、どうしていいかわからないくらいだが、晴通がうなずいてくれるのは、すうっと心に染み込むようだ。

そして今夜は、晴通も名手と名高い笛を奏でた。晴通の笛を聴くのは葉月は初めてで、明るい音曲なのにせつなくて……葉月は懸命に涙を堪えていた。だから、箏の音に郷愁やせつなさが漏れ出《い》でたのかもしれなかった。

「兄上、そろそろ葉月を世に隠しておくのは限界なんじゃないかしら」

静子は扇で口元を隠しながら、晴通にそっと耳打ちした。

「箏や笛の名手で、あの綺麗な顔……評判にならない方がおかしいわ」

「うむ……」

そのひそひそ話は少々聞き取りづらい部分もあるが、葉月の耳にも届いている。

(限界って、静子さま、どういう意味なんだろう)

少々、気にかかる。晴通は煮え切らない答えをしていた。

「もう……わかっていらっしゃるの？　いくら兄上が葉月を隠しておきたいと思っても……ということよ」

「隠すなどと、俺はそんな……」

(隠す？　私を？)

「葉月さま、こちらにおられますか？」

二人の会話をそこまで聞いた時、惟成がやってきた。会話が気になったが、その続きを聞くことはできなかった。

「箏をお部屋まで運びますね。お道具はこれだけですか？」

「あ、ありがとう」

葉月はどきどきしながら惟成に答える。晴通さまが私を隠している？　いけない、これはそもそも立ち聞きだ……。

「お疲れになったでしょう。お身体を拭く用意をしておきましたので」

惟成と共に自分の部屋へと戻ってからも、葉月の頭の中は、二人の会話でいっぱいだった。惟成に話しかけられても上の空だ。だが惟成は訳も聞かず、汗を拭ってくれている。静子は明るく嫌味のない、あっさりとした性格だ。自分に子どもたちを託して、いつも感謝を示してくれている。そんな静子が意地悪な物言いをすることなど考えられない。それよりも、兄に対して軽口を叩いている雰囲気だった。二人は仲のいい兄妹だから、そういうこともあるだろう……では、晴通の煮え切らない物言いは？

――隠すなどと、俺はそんな……。

床へ入ってからも、そのことばかり考えていた。

（やはり、私が醜い情男だから？　側に置いていることを知られたくないのだろうか）

二条家で初めて鏡を見てからというもの、葉月は自分はそれなりに他者と変わらぬ容姿をしていることを知った。周囲の人々は「美しい」と言ってくれるが、そもそも美と醜の基準がわからない。だが晴通に「美しい」と言われると嬉しかったのだ……。

そしてこの家の人々が、情の者を虐げたりしないことも十分わかっていた。だから、晴通を疑うことなどしてはならないと思うのに。情男と知っても、初めて優しくしてくれた人なのに。

でも、それでも、隠しておきたかったなんて……。

辛すぎる。このまま、晴通の前から消えてしまいたいと葉月は思った。

（お暇をいただこうか……）

だが、この二条家で自分は『先の権大納言、氏原重時の忘れ形見を大切におあずかりしている』という身。晴通だけでなく、右大臣や北の方を裏切ることになってしまう。光子姫や太郎君も、あんなに慕ってくださっているのに……。

けれど、けれど――。

自分はもうすぐ発情を迎えるのではないだろうか。

薬を多く飲み、匂いを抑えてはいるが、もし晴通の前で発情してしまったら……してしまうかもしれない。

葉月はそれが怖かった。

発情すると身体が淫らに疼き、いやらしい液を滴《したた》らせて、貴の男を欲しがるのだという。もし、晴通さまに情男のそんな姿を気取られたら？　もっと遠ざけようとされるかもしれない。見られたくない、知られたくない……。

眠れぬ夜を悶々《もんもん》と過ごした葉月は、翌日から薬をさらに多く飲むようになった。

「お薬が減るのが早いのではないですか？　何事も過ぎたるは及ばざるがごとしと申します。もし、お身体に障《さわ》るようなことがあれば……」

「いいんだ。大丈夫だから、薬をもらってきておくれ」

　いつもより強めな主人の言い方に不審を抱きながらも、惟成は薬師の元へ使いに出た。

葉月はその後ろ姿を、ほうっと息をつきながら見送る。

（なぜ利かぬのだろう。よいお薬をいただいているはずなのに）

　匂い消しの薬を飲み過ぎると、倦怠感《けんたいかん》が増す。葉月は身体の辛さを押して光子と太郎の相手をし、北の方のために箏を奏でた。

「最近、顔色が悪いのではないか」

　晴通が心配してくれると、身も心もざわついていて余計に辛い。

「暑さにあたったのだと思います」

「本当にそれだけか？」

　追求してくる晴通の目は、明らかに心配にあふれていて……。

　葉月は笑顔を作って答えるが、匂いは抑えられているだろうかと気が気でない。

ただ、今まで時折感じることのあった、晴通の匂いは感じなくなっている。こればかりは薬が効いているのかもしれない。安堵しつつも、少しでもひとりになれる時があったら横になっていたかった。晴通に会いたい、会いたくない。心は揺れる。

　そんなある日のこと――。

「今度、左大臣さまの主催で、弓馬《きゅうば》の会が催《もよお》されることになったのよ。一緒に見物に出かけてはどうかと思ってね」

葉月が箏を奏でたあと、甘い削り氷をすすめながら、二条の北の方が言った。

「弓馬の会、ですか？　私は弓も馬も習ったことがありませんので、どのようなものか存じませんが、ご同行してもよろしいのでしょうか」

ほら、溶けてしまうわよ、と言われて、葉月は冷たく甘い氷を口にする。ほろほろと喉を通る冷たさと甘さが心地よい。

「良いも何も、各家の姫君たちも大勢見物に来られるのよ。宮中で催されるものではないからね。多くの公達が一同に集まって弓や馬を競う場だから、姫君たちも楽しみにしていらっしゃるわ。そうそう、今回は競射《きょうしゃ》や騎射《きしゃ》だけだなく、『打毬《だきゅう》』も催されるということだから、盛り上がるでしょうね」

競射は矢で的を射て、的中数を争うこと、騎射とは馬を走らせながら矢を放ち、的を射ること。それは弓を持ったことのない葉月でも知っていたが、『打毬』とはなんのことだろうか。訊ねると、北の方は教えてくれた。

「馬に乗ったまま、毬杖《きゅうじょう》という杖で球を掬《すく》って点を取り合うのよ。それはもう、見ている方も血が滾《たぎ》るわ。姫君たちがお気に入りの公達を見つけたり、恋人を秘かに応援したりしてね、大変盛り上がるのよ」

「馬に乗ったまま球を扱うなど、そんなことができるのですか？　とても難しそうに思います」

　葉月が感想を述べると、北の方は扇越しに何気に得意そうな表情を見せた。

「晴通は『打毬』の名手なのよ。もちろん、弓も馬も鍛錬《たんれん》しているから、競射も騎射も、晴通に適う者はそうそういないわ」

　ここで晴通の話題が出て、葉月は驚いて訊ねた。

「晴通さまが、その弓馬の会に出場なさるのですか？」

「ええ」

　持って回った話になったのは、北の方にすれば息子自慢がしたかったのかもしれない。だがそれは、葉月の状態を知らないからこそできたことだった。

「私が見に行っても、よろしいのでしょうか」

「我が殿も、ぜひ葉月に見せてやりたいと仰っておられるの。晴通に異存はないでしょうから、ぜひ一緒に行きましょう」

「ありがとうございます」

葉月は誘いに対して感謝を込め、深く頭を下げてその場を辞した。胸の鼓動がどんどん速くなっていく。

馬に乗り、弓矢を扱う晴通はどんなにか男らしく、素晴らしいだろう。『打毬』は想像がつかないが、そんなに難しそうなこともなさるのだ……！

晴通は武芸に秀でていると聞いてはいたものの、葉月は実際にその姿を見たことがなかった。今、その姿を見たら自分はどうなってしまうのか……。だが、葉月は自分がまだ知らない晴通を見たいという思いに抗えなかった。

その数日後のことだ。晴通が、葉月がいる子どもたちの部屋にやってきた。

同じ屋敷に住んでいるとはいえ、毎日顔を合わせるわけではない。晴通の宮中での勤めが忙しいと、葉月とすれ違うことはままある。

だが、女房たちの噂話によると、晴通は夕刻から夜にかけて家を空けることはないというのだ。つまり、姫君たちの元へは通っていないということ——。彼ほどの公達となれば、結婚したいという姫君はそれこそたくさんいるのだが。

『姉君の初子さまをたいそう慕っておられたから、まだ傷が癒えぬのではないかしら？』

『亡くなられてもう三年も経とうというのに、それは違うのではなくて？　女性の好みがとても高くて、お目に適う方がいらっしゃらないのでは？』

女房たちの罪のない噂話にも、葉月の鼓動は速くなる。情の姫で中宮だった姉君が亡くなられたことは、聞いたことがあるけれど……。

最近は、葉月は何気に晴通を避けるようにしていた。そうしたら向こうからやって来たのだ。それなのに、避けておきながら顔を見ると胸が高鳴る。とにかく二人きりの場でないことが有り難かった。

「きょうは、かぐやひめのおはなしをよんでもらっていたの。はづきはとってもじょうずなのよ」

光子は最近、「はじゅき」ではなく「はづき」と呼べるようになった。成長なのだから嬉しいのだが、まだ『はじゅき』と呼ばれていたかったなどと、葉月は勝手に寂しさを覚えてしまう。

「それはすまなかったな。葉月に用事があって来たのだが」

「今日の分は終わりましたので」

「あした、つづきをよんでもらうのよ」

「つじゅき！」

「つづきでしょ、たろう」

「つじゅ、き」

「別に良いではないか、光子」

「はるみちおじしゃ、さま、はだまってて」

「やれやれ」

光子にやり込められ、晴通は柔らかい笑顔をみせる。本当に光子さまと太郎君がいてくださってよかった……葉月は自分の心が穏やかに保たれているのを確認して、居住まいを正した。

「ご用とはなんでしょうか」

「ああ、来月の初めに左大臣さまが催される弓馬の会があるのだが……」

「はい、北の方さまにお聞きしました」

晴通は、えっ？　という顔をする。あれ、言ってはいけなかったのかな？　だが、晴通はすぐに「そうか」と答えた。

「それで、俺は競射と騎射、そして打毬に出場するのだが、そなたも見に来てはどうかと思ってな。弓馬の催しは初めてだろう」

最後の方はやや早口だった。北の方から先に話があったので、少々ばつが悪かったのだろうか。いやそれよりも……！

（誘ってくださった？）

葉月の胸は早鐘を打つ。ああ、でも北の方さまが先に……気を悪くなさるだろうか。なんて言ったら……！　でも、でも。

（嬉しいです……！）

思わず、口に出しそうになった時だった。

「おじいさまとおばあさまといっしょに、はづきもいくの？　いいなあ。みちゅ、みつこたちは、おかあさまとおるすばん」

（み、光子さま！）

女の子は幼くても、周りの話をよく聞いているものだ……おしゃまな光子は、唇を尖らせている。

「はづき、おとうさまはね、おじさまといっちょ、いっしょに、だきゅうにでるのよ」

「そ、そうでしたか。それは、光子さまの分もしっかりと見てきますね」

葉月はにこっとしながら光子に合わせたが、晴通はなんだかげんなりというか、がっかりというか……。葉月はその表情をなんと捉えてよいのかわからなかったが、惟成があとから教えてくれた。このやり取りを、惟成は近くで見ていたのだ。

『げんなりとしたお顔をされても、美しい方は美しいのですね。でも、あれは相当にがっかりされておられました。きっとご自分で葉月さまをお誘いしたかったのだと思います！』

しかも、部屋を出たあと、『母上……』と恨《うら》みがましく呟いていたとか——。

『よほど、自分が葉月さまを誘えなかったことが残念なのでしょうね』

『さあ……なんでだろうね』

葉月は笑いながら曖昧に答えた。葉月は、惟成にも晴通への思いは伝えていない。もし惟成が葉月の思いに気づいているのならば、葉月が情男であることを慮《おもんぱか》り、こんな報告はしないだろう。晴通が残念がっていただなどと、葉月に気をもたせるようなことを。

だが葉月の前では、晴通はついぞ、そんなそぶりを見せなかった。

「ああ、母上から聞いていたのか。それならよいのだ」

晴通は事もなげに告げた。だが、葉月の心の中は忙しいままだ。

そしてやっぱり思ってしまう。北の方さまには申しわけないが、最初に晴通さまからお誘いいただきたかったと。

「とても楽しみにしております。がんばってくださいませ」

そんな当たり前のことしか言えなくて、晴通は「ああ」と答え、さっさと部屋を出て行ってしまった。

――その夜、惟成から先の晴通の話を聞き、葉月は疼く心を持て余していた。情男としての身体ではない。心が、きゅんと一瞬、痛みを覚えるように疼くのだ。

（これは、恋だ……）

あえて言葉にしなかった諸々の思いを、葉月は噛みしめた。

今まで晴通に抱いたせつなさや胸の高鳴り、それらはすべて自覚していたけれど、男同士であることが、身分違いであることが、はっきりとした言葉にすることを拒《こば》んでいたのだ。

匂いが治まらず、身体も疼いていた。だが、身体が先に行くのは嫌だったのだ。心から先に、晴通を求めたかった。

恋という名で――。

男同士であっても、情の者は貴の者に惹《ひ》かれるように性に縛られている。だが、葉月は先に恋をしたかった。

（ここまでなんとか発情を抑えられてよかった……）

もし先に、晴通を誘惑してしまうようなことがあったなら――そう思うと、背中が冷たくなる。

（情男は、恋したお方と結ばれることはないのだろうか）

時に、身体同士が先に交わり、それが恋心へと変わっていくこともあるだろう。だが、貴の男は情男を選ばない。情男の恋が成就《じょうじゅ》することはないのだ。

(ならば、どうして子を孕む因果だけを与えられたのだろう)

自問は尽きない。誰も教えてくれない。

ただわかったのは、晴通への思いを心に留めておくことだった。それでしか晴通の側にいる術《すべ》はないのだ。過《あやま》ちが起きないように——ただそれだけを思い、晴通がどこかの姫を娶《めと》るのを見ているしかないのだ。

葉月は紙と硯《すずり》を取りだした。墨を磨り、筆に馴染ませる。

『あなたへの恋は私の宝物だから、誰にも言わず、あの世まで大事に持っていきます』

またひとつ、渡せぬ文ができてしまった。

女性に生まれたかったわけではない。だが、私はなぜ情男なのだろう。詩歌を記した紙の上に涙がひと粒落ちて、小さな染みを作った。

弓馬の会の日がやってきた。

左大臣家が用意した広い土地にいくつも、庵《いお》という、木の支柱で支えられた幕が設置されており、そこで見物するのだという。

葉月は庵に入るのも、行事の見物も初めてだ。促されて、北の方の隣に座る。馬のいななきが聞こえ、人々のざわめきと共に、興奮した雰囲気が伝わってくる。

（ここで晴通さまが競技を？）

こんなにたくさんの人の前で？　具体的にどういう感じになるのか想像もつかないが、周囲の雰囲気から、葉月も浮き足立つというのか、胸が躍《おど》る感じがする。

「そういえば、氏原家の忠時《ただとき》氏や、広長も競射や打毬に出るそうじゃないか」

晴通の父、右大臣がのんびりと言い、北の方が「ちょっと殿！」と小さく肘鉄《ひじてつ》を喰《く》らわせている。氏原忠時は葉月を虐げた氏原家の異母兄、広長は言うまでもなく、晴通の従兄弟、葉月を手篭《てご》めにしようとした、風雅人という名の放蕩《ほうとう》息子だ。空気が読めずに妻に叱られた右大臣は、おろおろと葉月に詫びた。

「ああ、私としたことが、すまなかった、葉月」

「殿さま、とんでもございません！」

今度は葉月がおろおろとする。右大臣という、雲の上の存在にも等しい方に謝られ、とにかく右大臣さまに安心していただかねばと焦る。

「確かにお二人は私にとって因縁《いんねん》のある方たちですが、今の私は二条家の皆さまのおかげで、乗り越えておりますので」

「だから今日は、とにかく晴通を応援して気を晴らせばいいわ」

北の方は容赦ない。

「まあ、お二人とも、晴通の敵ではありませんけどね。そうですわよね、殿」

「うむ、贔屓目《ひいきめ》を外しても、晴通に武術で敵うものはおらぬだろう。だからこそ朝廷を警備する中将なのだからな」

「は、はい」

二人に答え、もちろん晴通を応援するのは言うまでもないが、心がじーんとする。

(本当に、温かなお方たちだなあ……)

ここへ連れてきてもらえて感謝しかない。なんと言っても、自分の知らない晴通を見ることができるのだから。

『みつこのかわりに、たくさんみてきてね』

光子は、大きくなって素敵な姫君になったら、綺麗な綺麗な着物を着て、多くの公達の活躍を見物するのが願いなのだそうだ。光子の願いは年月が経てば叶うだろうが、今まさに、その気持ちで臨んでいる姫君たちはたくさんいるのだろう。

（殿さまも、北の方さまも、晴通さまのご結婚について考えておられないはずはない）

広長の屋敷で伊勢という女房が「まったくご結婚に気がないらしいのよ」と言っていたけれど、身分も人柄も申し分ないのだ。このままというわけにはいかないだろう。右大臣も北の方も、多くの姫君が集う今日を見定めているのかもしれない。

「ほら、葉月、始まるわよ」

見れば、的が用意され、腕自慢の公達が弓を背負って待機している。

さすが腕自慢の公達たち。的の中心には届かずとも、矢を外す者はほとんどいない。やんややんやと聴衆が沸く中、武官束帯姿の晴通が現れた。

（晴通さま！）

直衣姿の晴通は見慣れているが、武官束帯の晴通は精悍で、その立派な男ぶりにため息が出そうだ。こめかみ辺りにつけている『おいかけ』という飾りも、端正な容姿を引き立てている。そう思うのは葉月だけではなく、各庵から、感嘆のため息が漏れていた。

凛とした立ち姿、きりりと弓を引く横顔は真剣そのもので、葉月は身震いをしてしまった。闘気を帯びた姿の神々しいこと——周囲の者を霞《かす》ませるような気が、陽炎《かげろう》のように立ち上っている。

放った矢もまた、五本すべてが的の中心を射抜き、場の雰囲気は最高潮に達する。

「さすがは晴通」

「いえ、これはまだほんの小手調べですわよ」

「す、すごい……」

右大臣と北の方に続き、葉月はただそれしか述べられない。

その所作、技のすごさに、まさに魂を抜かれてしまった。これほどの名手であられたとは……。

(薬をたくさん飲んできてよかった)

葉月は心の中で呟いていた。そうでなかったら、不安定な心と身体がどうなってしまっていたか……。

異母兄、忠時は二本外し、早々に退散。

(忠時兄上、弓について豪語していらしたのに)

どうやらそれほどでもなかったのか。氏原の北の方の悔しがるさまが目に浮かぶようだった。

弓争いはやがて中心への的中率を競い、最後には晴通と広長の対決となった。

「広長など蹴散らしておしまい！」

北の方は、扇の陰で鼻息荒く吠えている。まさかあの広長さまが……葉月は驚いていた。風雅人が何を差すのか未だによくわからないが、晴通と競うような、相当な弓遣いだったとは。

派手好きな広長は、深紅の衣装を着こなしていたが、仕官していないから、武官束帯に寄せているのだろうか。見守る姫君たちの、「ご両人とも素敵……」という空気感に、葉月は真っ向から抵抗した。

晴通の醸《かも》し出す高貴な美しさに満ちた闘気に比べれば、広長は、ただ着飾った世俗的な貴公子もどきにしか見えなかった。

広長は周囲に愛想を振りまき、にやにやとしていたが、晴通にひと睨みされて、一瞬、怯んだようにみえた。

（晴通さま、負けないで）

広長はああ見えて、やはり弓は得意なようだった。だが、だんだんと晴通の研《と》ぎ澄《す》まされた集中力に気圧《けお》され、焦りが見えるようになった。自分が中心を射抜いても、晴通も追うように中心を射抜いてくる。苛々が募って集中が切れたのか、広長は五本目の矢を、的から外《はず》れたところに射てしまった。

さあ、これで晴通が的を外しさえしなければ弓争いの頂点だ。

ぎりぎりと弓を引き、真っ直ぐに的を見据えた瞳は冴え冴えとして美しく、放たれた矢は、的に当たればどころか、他の矢と同じように見事に中心を射抜いた。

(晴通さま!)

「ようやった! 晴通」

「晴通、見事!」

どよめきの中、晴通は二条家の庵を仰いだ。両親に一礼し、そして葉月に視線を合わせてきたのだ。さっきまで冴え冴えと的を見据えていた目が、ふわりと緩んだ。葉月はその視線を確かに受け取った。それは一瞬のことで、驚いて目を見開いているうちに拍手の中を晴通は退出していった。だが、絶対に間違いではない。

(晴通さまが私を見てくださった?)

数多の姫君ではなく情男の私を?

驚いた表情しか返せなかった……笑いかけてくださったのに。胸が高鳴り、あらぬことを考えてしまう。ずっと、ずっと、晴通に恋する自分を抑え込んできたというのに。

——もしかしたら、晴通さまの貴の者としての情欲は、私を求めてくださっている?

(あっ)

そんな自惚《うぬぼ》れたことを考えてしまったから大変だ。下腹が疼き出す。だめだ、だめだ、鎮まれ、鎮まれ……。匂いも出るな……！

「どうかしたの？　葉月。顔が赤いわ」

「晴通さまのご活躍と熱気に当てられてしまったのかもしれません。ご心配いたみいります。北の方さま」

慌ててごまかすと、北の方は扇で口元を隠して笑った。

「次はもっと胸躍ることよ」

もっと？　これ以上何があるというのだろう。火照り出す身体に困りつつも、期待が膨らんでしまう。次はどのような晴通さまを見ることができるのか……。

次に行われたのは、馬を走らせながら的を射る騎射だった。いずれの公達も袍という上衣の片肌を脱ぎ、駆け抜けながら矢を放つさまは圧巻だった。皆、きりりとまなじりを上げ、格好よいことこの上ない。

「し、刺激的ですね」

「そうでしょう？　若い姫君には目の毒だこと。でも、時にはこういう機会もなくてはね。さあ、もうすぐ晴通の番よ」

北の方はうふふと意味ありげに笑う。いえ、情男にも十分に目の毒です……葉月は心で思った。この場には貴のお方が大勢いるはずだ。だが、私の匂いが漏れ出してしまったら……。

(鎮まれ、鎮まれ、鎮ま……――)

葉月は唱える言葉を忘れた。目の前に上衣を片肌脱いだ晴通が馬上で弓を構えて駆け抜けて行ったのだ！

どくん！　と大きく、大きく心臓が高鳴った。

二条家へ来てから鼓動は高まりがちだが、こんなに胸を貫《つらぬ》くような鼓動は初めてだ。

晴通が疾走する一瞬、駆け抜けたその後ろ姿に、葉月は全身に雷が落ちるような衝撃を覚えた。

初めて見た晴通の肌。弓を引く腕の逞しさ、肩から胸へかけての美しく隆起した筋肉、その頂点にある乳首、そして、芳醇《ほうじゅん》な酒のような匂い――これはあの方の匂いだ。

晴通の半裸に近い体躯と、発散される貴の男の匂いに、葉月は情男としてどうしようもなく反応してしまったのだった。私はあのお方に抱かれたい――貴のお方が欲しい。情男の本能が葉月に教える。ぞくぞくするほどの戦慄《せんりつ》を伴って。

(ああっ)

自覚したら、胸の鼓動に負けないくらい、下腹がずくん！　と自己主張をするように疼

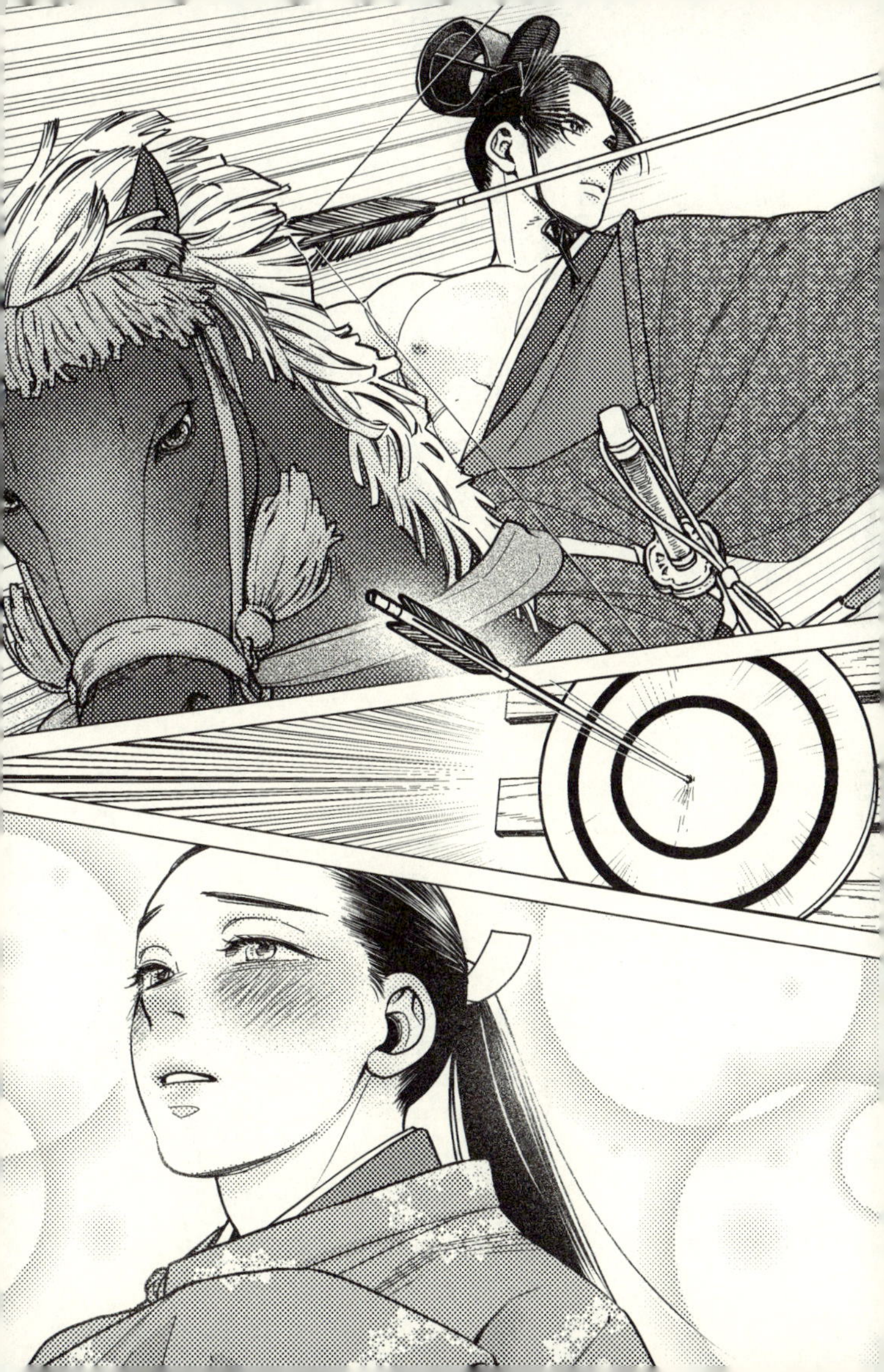

いた。座っていてよかった。立っていたなら、その場に崩れ落ちていただろう。

（晴通さま……っ）

馬上で放った矢は、見事、的の中心を貫いた。大歓声と拍手が上がる中、葉月は漏れ出す匂いを止める術を持たず、ただ茫然《ぼうぜん》としていた。

（ああ……匂いが……っ）

だが、この場にいるのは貴の者が大多数にもかかわらず、情の匂いに当てられている者は誰もいない。

皆、私の匂いに気づかない？　これほどまでに熟《う》れた果実のような甘い匂いを発しているというのに？　でも鎮めなければ。その時だった。

馬を降りた晴通がこちらを振り返っている。近くない距離だが、葉月は再び、その視線を受け取った。再び、匂いも感じた。見物の者たちに手を振って応えながらも、晴通はその目に驚きを湛《たた》えていた。

（晴通さま、もしや……）

感じてくださっているのですか、私の匂いを……多くの貴の方がいらっしゃる中であなたさまだけが？　なぜ――。

「晴通、ああ、我が息子ながら誇り高いこと……！」

「まことにあっぱれじゃ！」

　隣では右大臣の殿と、涙ぐむ北の方が身を寄せ合って息子の姿に感動している。葉月も目を潤ませていた。

「殿、北の方さま、私をこの場にお誘いくださいまして、ありがとうございます。皆さまの弓馬の技術の素晴らしさもさることながら、何より晴通さまのお姿に感動いたしました……」

「そう言ってもらえて本当に嬉しいわ」

　北の方は涙を拭う。その姿に、葉月も亡くなった母のことを思い出さずにいられなかった。だが、その純粋な心の中で、葉月は淫らなことを思う。

（申しわけありません、北の方さま。私は晴通さまに恋をしております。あなたさまのご子息に抱かれたいのです）

　いくら情の者に理解のある一族といえど、自慢の息子に情男が懸想《けそう》しているなどと知ったら……？　しかも、その匂いは晴通にしか通じないようなのだ。

　三性について学んだ本の中に、貴の者と情の者で稀《まれ》にそうした巡り会いがあると書いてあった。もしかしたら私たちが？　申しわけないと思いながら矛盾にまみれて、それを喜んでいる自分がいる。

(抱かれたい……このままでは、私は、きっと晴通さまを誘惑してしまう――)

葉月は、はっと胸を押さえた。

これほどに恩のある二条家の人々に対し、これは裏切りにも等しいのではないかと葉月は思った。晴通さまは良家の姫君と結ばれ、家を盛り立てていかねばならぬお方なのに。

競技は、引き続き打毬が行われていた。馬上で杖と球を操る晴通の姿は、見る者の目を惹きつけて離さない。多くの立派な公達の中で、一際輝きを放っている。

情の匂いが他の者に影響を及ぼさないことがわかり、身体は疼くものの、葉月は落ちついていた。いや、心臓は時折、大きく飛び跳ねていた。馬上の晴通と視線が合うたびに。

(見ていてくれたか？　葉月)

(そなたに、見てほしかったのだ)

さらりと流れる視線が葉月に語りかける。自分の都合のいい妄想ではない。彼の唇が微《かす》かに「はづき」と動くのだ。

舞い上がりそうな幸福感、その一方で、二条家の人々への申し訳なさに、葉月は板挟みになっていた。だが、己の幸福感の方が勝っていることは否めない。

――この時の葉月はまだ知らなかったのだ。本当の、情男の苦悩というものを。

予想通り、弓馬の会以来、姫君たちから晴通への恋文が一気に増えた。それだけでなく、名門貴族家からの正式な求婚の書状も届く。

「それでも、晴通さまは相変わらず結婚には気がもてないようで……北の方さまが嘆いていらっしゃるそうですよ」

惟成が語る。女房たちの噂話を聞いてきたのだろう。

「それは……そうだろうね」

葉月は適当に返事を取り繕う。今日は箏を聴かせてほしいと北の方から頼まれていた。そういう話も出るかもしれないな……。ふと葉月は思う。

あの日以来、葉月はまるで夢をみていたかのような気持ちに陥《おちい》っている。

弓馬の会であれほどに晴通の視線と匂いを感じた葉月だったが、あれ以来、晴通は宿直《とのい》であったり、都から少し離れた二条家の別荘で過ごしたりなどと、屋敷に帰ってこないのだ。

（避けられているのだろうか）

匂いで互いの心が通じ合った。もしかしたら、稀にあるという、貴と情の巡り合わせかもしれないと舞い上がったのは自分だけで、葉月は己の厚かましさが恥ずかしくてたまらない。確かに、言葉で確かめ合ったわけではないのだから。

「このお屋敷に戻ってこないのも、結婚話をされるのにうんざりしているのではないかと、皆、かしましく話しております」

「かしましくとは聞き捨てなりませんね、惟成」

そこへ現れたのは女房の安芸だった。惟成は「うへえ」とばかりに頭を下げ、そそくさと退散していった。

「申しわけありません、安芸どの」

葉月があるじとして頭を下げると、安芸は苦笑いした。

「いいえ、葉月さまが謝られることではありませんわ。確かに惟成が言う通り、若さまがご結婚話を避けて家を空けておられるのは、あながち嘘ではないようですから」

「そうなのですね」

違うのだ。本当は私を避けておられるのだ。きっと匂いから、私の発情が近いことを感じ取られて……。

「その若さまなのですが、惟成に、別荘の方へお衣装を二着分、届けさせるようにとの仰《おお》せです。お衣装の組み合わせは、葉月さまに任せるからと」

「では、私も同行した方が……」

今や、晴通の衣装係としての葉月の腕は磨かれたものとなっていた。晴通は葉月が選ぶ衣装を、たいそう気に入っていた。

（お会いしても大丈夫なように、さらに薬を増やして……。心配だけれどこれはお役目なのだから）

「いいえ、同行は不用。惟成に届けさせればよいとのことでございます」

「承知いたしました」

その短い言葉を平然と口にすることが、どれだけ辛かったか。

やはり避けられているのだ……葉月は自らの心がぽきんと折れた音を聞いた。

「急ぎ、お衣装を誂《あつら》えて惟成に持たせます」

安芸が部屋を出て行ったあと、葉月は抜け殻のようにがらんとした心地で、晴通の衣装を整えるべく、衣装を仕舞ってある小部屋へと入った。

「んっ！」

途端に胸が苦しくなって、葉月はその場にうずくまってしまった。衣装から立ち上ってくるのは、晴通の匂いだ。吸い込んだ側から葉月はくらくらと目眩《めまい》を覚え、思わず彼の直衣に頬をすり寄せていた。

「ああっ、う……」

下腹部をかきむしりたいような衝動が押し寄せ、葉月は自ら自分の着ているものを乱し、手をそこへと導いていた。

自分でも見たことのないその部分に手を這《は》わす。どうして知っているのだろう、こんなことを。ここを慰めればよいのだということを。そこはねっとりとした液で湿り、葉月の指を食らうかのようにひくひくと動いていた。

（これ、が、欲情……？　私は発情、しているの？）

このような所で……しかも、晴通の衣装を誂えるというお役目中なのだ。

「いけ、ない……っ」

もう一方の袖で鼻と口を覆ったが、その匂いは容赦なく、葉月を未知の入り口へと誘う。

ここだ、きっとここに貴のお方の雄を挿《い》れていただくのだ。

ああっ、はる、みち、さま……っ！

さらに乳首までも疼かせながら、尊いお方の衣装で淫らなことをしようとしている自分を許せない理性は残っていた。

懸命に左手を堪《こら》えながら、乱れた懐から紙包みを取りだし、水も飲まずに煽《あお》る。用心のために忍ばせていてよかった……。

（……くっ）

晴通の衣装から手を離し、床に這いつくばってその感覚をやりすごす。やがて薬は効き目を表し、欲情の波はすこしずつ退《ひ》いていった。

（は……あ）

本物の発情であれば薬などでは抑えられないというから、今のは発情ではなかったのだろう。だが、もう近いはずだ。離れに移ることをお願いせねば……。汗で湿った自分の衣を整え、まだ気怠《けだる》さの残る身体を起こして、葉月はそろそろと、晴通の衣装を誂え始めた。

（もう少しで、晴通さまのお衣装を汚してしまうところだった……）

握りしめたために皺《しわ》になった箇所を丁寧に指で直し、一着分の衣装を誂えて、お役目は終わった。いつもは誇らしく、楽しいお役目だった。晴通が喜んでくれる顔が嬉しくて……。

『葉月の見立て、誂えはまことに素晴らしい』

耳に蘇るその声が懐かしく感じられる。弓馬の会から、十日も経っていないというのに。あの日は、なんと愚《おろ》かな自分に酔っていたことだろう。

晴通さま、お会いしたい。だが、会って匂いを感じれば、こうやって欲情を覚えてしまうのだ。それがよくわかった。きっと、先ほど指を喰わんとした、あのぬめったところをひけらかして、脚を思い切り開いて、自分から誘ってしまうのだ。

（晴通さまが欲しい……！）

情男の、情の深さを葉月は思い知った。

抱いていただきたい。だが、このように浅ましい姿を見られたくない。

一度抱かれたら、きっと離れられなくなってしまう。もし情けをもらっても、それだけで終わるかもしれない。そしてもし、子を孕んだりしたら？　晴通さまにも二条家の皆さまにも迷惑をかけてしまう……いくつもの暗雲が葉月の心に立ち込める。

『おまえは醜い情男なんだよ』

氏原家で言われてきたことはこういう意味だったのだ。

浅ましく貴の者を欲しがり、淫らに自分の欲情にふける姿。あのようなところがなぜ濡れるのだろう……まるで粗相《そそう》をしたように恥ずかしい。その姿が醜いということなのだろうか。

嘆きつつ、誂えた衣装を惟成に託す。

「何か、晴通さまにお言づてはありませんか？」

幼い頃からずっと一緒の惟成は、何か思うところがあるのだろうか？　彼の前では気が緩み、悩みが顔に出てしまうから……。惟成はいつもより神妙な顔で訊ねてきた。

「特にないよ、お待ちだろうから早く行ってきておくれ」

「でも……」

言いかけてやめ、惟成は「では行ってきます」と踵を返した。その背中を見送り、しゃんと背を正してから、箏を奏でるために北の方のところへ向かう。

薬が効いているうちに……今日は、大切なことをお願いせねばならないのだ。誰に言えばよいのか迷ったが、やはり北の方しか考えられなかった。

「遅くなりまして申しわけありません」

北の方の部屋は御簾が上げられて、風が通り抜けていた。開放的な雰囲気に心が少し軽くなる。北の方が自分ひとりで葉月の箏を聴く時は「私だけではもったいないから、皆におすそ分け」と言って、音色が通るように、こうして御簾が上げられるのだった。

「晴通が衣装のことで用を申しつけたのでしょう？　本当に晴通も何を考えているのやら。家に戻ってくればよいのに」

「お母さまが兄上のご結婚のことで煩《うるさ》いからよ」

今日は静子も大きなお腹を抱えて一緒だ。光子も太郎もいる。二人で母親の腹を撫でている姿に、葉月はほっこりとした。

「本人がその気にならなくてはね」

「でも静子、そろそろその気になってもらわなくては」

「なるようにしかならないわよ、ねえ、赤ちゃん」

「おまえの時は早くて、それはそれで心配しましたけれどね」

「今が上手くいっているのだからよいではありませんか」

母娘のやり取りは、葉月にとっては心に刺さるものだったけれど、静子のあっけらかんとした言い方にずいぶん救われた気がした。さあ、今日は母娘、御子さまもお揃いなのだ。楽しんでいただける場にしなくては。

「お喋りしてしまってごめんなさいね、葉月。いつものを奏でておくれ」

「承知いたしました」

楽器に向かっていると心が集中し、雑念が消えていく。

北の方は目を閉じ、静子は赤子に聴かせているかのように腹を撫でている。光子と太郎は母に寄り添っている。

開け放した御簾から音色が流れ出し、渡り廊下のあちこちでは、女房たちが足を止めて聴き入っていた。一曲終わると、もう一曲、北の方から。そして三曲めは、子どもたちも楽しめるようにと、笛で軽快な旋律のものを吹いた。

「はづき、もっともっと！」

「いまの、もっとー」

子どもたちに応え、もう一度同じものを。静子も北の方も目を細め、光子と太郎の楽しげな様子に目を細めている。いつもおとなしい太郎は、踊らんばかりに身体をゆすってご機嫌だ。

「まあ、太郎、可愛らしいこと」

「みつこね、はづきがならすの、きいたらたのしくなるの！」

「本当にそうね。さっきからお腹の子も元気に動いているのよ。葉月の音曲は、本当に皆を幸せにするわね」

静子は娘の頭を撫でてうなずく。光子も「ねえ、おかあさま」と嬉しそうだ。

なんと温かい方々だろう。葉月は深く頭を下げた。

「もったいないお言葉にございます」

「頭を上げなさい。そうやって謙遜ばかりしなくていいのよ。みな、本当のことなのだから」

「そうそう。では私たちはこれで……我が殿がお帰りになったので」

「おとうさまがくるのよ！」

「いらっしゃる、でしょう。光子」

そんなやり取りを背に、北の方に願いを申し出るのは今しかないと葉月は思い切った。

「北の方さま、改めまして、葉月よりお願いがございます」

「まあ、なんでしょう。どうぞなんなりと言ってちょうだいな」

彼女の言葉に甘え、葉月は情男として、初めての発情の予兆があること、そのために、宿下がりをしたい旨《むね》を打ち明けた。情の姫たちも発情の時には宿下がりをするという。情の姫をもった北の方なら（初子姫は既に亡くなっているが）わかってもらえるのではないかと思ったのだった。

「このようなこと、情男の私から北の方さまにお願いするのは筋違いであると重々承知しておりますが……」

「いいえ、良いのよ葉月。まさか殿や晴通に相談できることではないでしょうし。であれば、それはあなたの母親代わりを名乗った私しかいないでしょう」

北の方は、ころころと明るく笑った。

「初子の時にも経験していますからね。女も男も同じようなものでしょう？」

「おそらく……」

葉月は控えめに答えた。父も母も情の者ではなかった。発情について知ったのは、晴通に渡された書物の中だけの知識だ。

こうして葉月は屋敷の東の棟からさらに奥にある離れを使うことを許された。初子の時には女房をつけたそうだが、葉月は惟成がいるからと答えた。

「そうよね、葉月は男なのだし、惟成の方が気が楽でしょうね」

「はい。お気遣いありがとうございます」

葉月が礼を言うと、北の方はしばし考え込むように口を噤んだ。

何か失礼があっただろうか。思った葉月だが、北の方はぽつりと言った。

「いえ、こんなことを言ってはならないのだけれど、あなたが女性であったなら、情の姫として晴通の結婚相手になってもらえたのに、そうしたらあなたが本当に私の娘になるのにと思ってしまって……」

「北の方さま！」

葉月は驚きで少々大きな声を出してしまった。そして慌てて口を噤む。ああ、北の方さまがそんなことを？

「あれは結婚に気がない質だけれど、あなたなら承知したのではないかと思ってしまって……でも、男同士の婚姻がそもそも認められていないから残念だと思ったのよ」

何も言えないでいる葉月に気づき、北の方は慌てて言い添えた。

「あら嫌だ。私ったら。結婚にはもちろん葉月の意志もあるわよね」

「いえ、あり得ない話ではあっても、私のことをそのように思っていただけて嬉しゅうございます」

それは本心だった。裏を返せばせつないことなのだけれど、笑顔になれた。北の方の人柄に、改めて胸が熱くなる。

一方、葉月の笑顔に安心したのか、北の方は今度は意味ありげな表情を見せた。

「そうそう、葉月が宿下がりをするならば急がなくてはね」

ふふっと笑った北の方は少女のようだった。笑うと光子に似ているのが微笑ましい。

急がねばとは、また音曲の宴などを開かれるのだろうか。北の方の意味ありげな様子を、葉月はそんなふうに考えていた。


「私に、元服を?」

葉月はあまりに驚いて目を見開いたまま、右大臣に問い返した。

右大臣だけではない。この場には、北の方、晴通、静子、そして彼女の夫も同席している。

ここのところ屋敷を空けていた晴通がこの場にいることには戸惑っていたが、突然に二条家の面々の前に呼び出され、それどころではなかったのだ。葉月が二条家に来てから驚いたことはいくつもあるが、今回が驚きの頂点だった。

「いかにも」

右大臣は穏やかに答えた。包容力を感じる口調だった。

「我が盟友、氏原重時の代わりに、そなたに冠を与えたい。この歳まで元服させることができず、重時もさぞ心残りであったと思うのだ」

「で、ですが、そこまでしていただくわけには……」

震える声で答えると、晴通がきりりとした中に、温かなまなざしを向けてきた。

「我々がそうしたいのだ」

ええ、ええ、という感じで北の方も静子夫婦もうなずいている。だが、あまりにもありがたい申し出すぎて、葉月は答える言葉を失ってしまっていた。

「嫌なのか？」

晴通に、甘ささえ感じられる口調で問われ、その言葉に胸を刺されてしまって、葉月は顔が赤くなるのを止められない。どうしようと思っても胸の鼓動と呼応するように真っ赤になっていることがわかるのだ。ただ、薬のおかげで、身体が疼き出すことがなかったのが幸いだった。

(な、なんてことを仰るのですか、晴通さま!)

「兄上ったら、まるで口説き文句のように聞こえますわ」

助け船を出してくれたのは静子だった。「まったくだ」と一気に笑いが起こり、その場はとても和んだ雰囲気になった。

(ありがとうございます。静子さま)

「受けてくれるか?」

右大臣が再度、穏やかに訊ねてくる。葉月は深く礼をした。

「身に余る、ありがたき幸せにございます。このご恩に報いるため、そして二条家のお名に恥じぬよう、精進いたします」

「では、早速ですけれど、今日が吉日でありますので」

北の方が両手を叩くと、屏風《びょうぶ》がさっと仕舞われた。現れたのは、元服のためのひと揃いのもの。冠、烏帽子、理髪に使うもの、そして立派な衣装。

「内輪で行うゆえに、簡略する部分もあるが許してほしい。さ、葉月、こちらへ参れ」

まだ信じられない、ふわふわした足取りで右大臣が示す方へと歩く。衣装を改めて右大臣自らが髪を結い上げ、冠親《かんしん》となって冠も被せてくれた。

「立派じゃ。重時どのにも見せてやりたかった」

葉月に冠を被せながら、右大臣の目に光るものがある。葉月はただ万感が込み上げてきて「はい」としか言えなかった。

すぐ側では晴通の温かなまなざしを感じた。静子の夫君と共に、元服の大切な役目についてくれているのだ。一瞬、視線が合い、葉月は小さく頭を下げた。晴通は「ああ、立派だ」と、しみじみと答えてくれた。

「今日からは、父の名から一字取って、氏原重彬《しげあきら》と名乗るがよい」

「はい。素晴らしい名を授けていただき、ありがとうございます」

葉月は感謝を込め、深く礼をした。父の名を一字……感無量だった。自分が元服する日が来るとは思っていなかったのだ。姿が仕上がり、名が決まっても、葉月は未だ夢を見ているような心地だった。

「そんなに狐につままれたような顔をしていたら、美しい姿が台無しよ。さあ、笑って！」

こういう時に助け船を出してくれるのはいつも静子だ。緊張がほぐれた葉月はしゃんと背を伸ばし、心からの笑顔をみせた。晴通は目を瞠ったが、葉月は気がつかなかった。

「なんと凜々《りり》しいこと……冠も衣もよく似合って。晴通の元服を思い出すわ……次は太郎の番ね」

「お母さまったら気が早すぎよ、ねえ葉月、じゃなくて重彬どのね」

実感は湧かないけれど、葉月は静子に合わせて微笑んだ。すると、女房たちの間から、ほうっと感嘆の息が漏れた。

晴通さまの元服か……さぞご立派で輝くようであっただろうな……。思い描いたら、葉月は顔が上気するのを感じた。

「はづき、すてき！　きらぼしのきみみたい！」

光子が無邪気に褒めて、さらに場が和む。光子さま、そんな……、おしゃまな賞賛に葉月が照れていると、晴通は真面目な顔で言った。

「子どもは嘘は言わぬ。本当に凛として美しい」

「あ、ありがとうございます」

（そ、そんなに見つめないでください……っ）

晴通の視線が急に変わったような気がする。先ほどまではまるで弟を見るような、慈しむ感じだったのに、今はその視線に熱を感じるのだ。じわりと下腹部が熱くなった。

その後、心づくしのささやかな祝宴が開かれた。祝いの盃《さかずき》を受け、普段ほとんど酒を口にしたことがなかった葉月は、頬が上気して鼓動が速くなってしまう。その初々しさが、また皆の賞賛を誘った。

「立派な冠姿なのに、そのように頬を染めて、若い女房たちには目の毒ね」

北の方が言うと、

「立派な男なのに子どものような無垢さがあるというか……あら、これは褒め言葉なのよ、葉月……じゃなくて重彬どの」

静子もうっとりと同意して、そして名前を呼び違えたことを「ごめんなさいね」と詫びた。

「ありがとうございます。どうぞお気になさらずに」

女たちとのやり取りを、晴通は父と酒を酌《く》み交《か》わしながら聞いている。静子が呼び違えた時は、ふっと微笑んでいた。

（晴通さまにもこれからは重彬と呼ばれるのだろうな）

葉月自身、今日から重彬なのだと言われても（もちろん嬉しいのだが）実感が湧かない。

だが、晴通の低くよく通る声で呼ばれてみたいと思った。

（重彬……）

想像してしまったら、晴通の声で再現された。まるで本当に彼に呼ばれたように……急に心臓が跳ね上がって、葉月は盃をひっくり返しそうになってしまった。

「申しわけありません、少しお酒を過ごしてしまったようです」

「そうね、目の周りが赤いわ。もうこれくらいにしておきなさい」

北の方が言ってくれて、右大臣もうなずいた。晴通は何も言わず盃を傾けている。宴の間、彼は葉月に話しかけてこなかった。視線を感じるだけで下腹が疼いて困るのに、そのことが少し淋しい。

右大臣は手にしていた盃を干し、宴の終わりを告げた。

「重彬も、急に元服などと言われ、疲れたであろう。今宵はここまでにしておこう」

「では、私はこれより下がらせていただきます。皆々さま、有り余るご厚情、重彬は一生忘れません」

深く、深く礼をする。今夜から、葉月は発情に備えて屋敷の奥の離れに移るのだ。酒で少々おぼつかなくなった足元で、葉月は惟成と共に離れへと向かう。

「結構、お酒を召《め》されましたね」

「ああ。でも、とてもよいお酒だったよ。皆さまの思いが嬉しくて……」

「そうですね」

惟成が掲げている灯りがゆらゆらと揺れて見える。火に煽られているように、葉月の下腹は疼きを増す。

（お酒に酔うというのは、発情に似ているのかな）

身体が熱くなって、下腹が心臓とおなじくらいに、ずくんずくんと疼いて……一体、どうしてここばかりが疼くのだろう。ここに何があるというのだろう。

酔ったからこうなったのか、発情がもうそこまで来ているからなのか、葉月にはわからなくなっていた。

晴通さまはまた、屋敷を空けられるのかな。その方がいい。発情の間はあの方から遠ざかった方が――淋しいけれど。

淋しい。でも、晴通さまのためにも、自分のためにもこの方がよいのだ。でも、やっぱり……。

矛盾した心を抱え、葉月は発情期を過ごす部屋に入った。離れといっても御簾や屏風も他の部屋と変わらない美しく整然とした部屋だった。

衣服を脱いで仕舞わねば……だが、葉月は足をもつれさせながら、床に倒れ込んでしまった。

（まさか、もう？）

身体が熱い。いけない、衣装がこのままだ……元服して髻《もとどり》を結ったら、寝る時も烏帽子を取ってはならないと聞いた。葉月はなんとか冠を解き、烏帽子を被った。もはや、身体から強い匂いが発せられている。いけない、いけない、晴通さまに気取られては――。

「惟成、惟成」

「はい、お側におります」

切羽詰まった声で呼ぶと、御簾の向こうから惟成が答えた。葉月は強い口調で命じるが、息が切れてしまう。

「私の、匂いが、漏れぬように、よもぎを焚いて……ここに誰も近づけ、ないで……絶対に」

「わかっております。お辛いと思いますが、どうか堪えてくださいませ」

惟成はすべてを察していた。

「いつかこの日が来ることを、母から何度も聞いておりました。その時が来たら、葉月さまを陰ながらお支えするようにと」

「あり、がとう……」

答えながら、葉月は元服の衣をはだけていった。身体がどんどん熱くなっていく。下腹の疼きも高まり、かきむしりたい衝動に駆《か》られる。情男の雄は、普段は淡泊だ。それなのにひくひくと震え出したかと思うとあっという間に芯《しん》をもち、上を向いた。

「ああ……っ」

思わず、その屹立《きつりつ》に触れてしまう。触れずにはいられなかった。

（いつもは、こんなに、ならない……のに）

両手で包み込み、くびれた部分を親指で扱《しご》いた。するとまた恍惚《こうこつ》が訪れる。だがそれは呼び水となって、次はここを触れ、ここを弄《いじ》れと、身体の中の何者かが命じてくるのだ。

次は雄の先端を指先で抉《えぐ》れ――。

「や、ぁ、そんなところ、触ったことな……」

触ったことないのに――否とは裏腹に雄の先端に親指を触れてしまう。そこには切れ込みがあって、ぬるりと透明な液があふれていた。

（嫌だ、こんなの嫌だ……。なんでここが濡れて……）

恥ずかしい。でもその液を屹立に塗りつけると、ぬるりとした感触がたまらない。

「い、いや……」

粗相をしたみたいにこんな……でも違う。ぬるぬるした感触が、葉月の理性をさらに追い詰めていく。

――どうだ、気持ちよいだろう？　その液を指に絡《から》めて、好きなところを触るがよい。さすれば、おまえはもっと、気をやってしまうほどに感じることができる。

「かん……じる？」

――そうだ。情男はただでさえ感じやすい。発情期であれば尚のこと。己を責めずに没頭するのだ……。

「そん、なこと、できな……っつ」

内なる声にさらに抗うが、葉月の本能と理性は切り離されつつあった。

下腹が疼く。ああ、ここにこのぬるぬるした液を塗り込んで擦ってみたら――？　そうすれば疼きも治まるかもしれない。

だが屹立からの湧き水だけでは足らなかった。もっと、もっと……。すると、葉月の尻のあわいから生温かい液があふれ出した。

「ああ……や……」

晴通の衣装部屋でそうなったように、葉月はその情の液を手のひらに掬い、疼く下腹部を擦った。葉月は夢中だった。疼きを鎮めたかったはずなのに、その感触がたまらなくて、下腹部だけでなく、膝立ちになって、はちきれそうな屹立、腰の括《くび》れ、そして胸までも情の液を塗りたくった。

（くるし……い。いったいどうすればこの状態は、治まる、んだろう……）

もがき身を捩《よじ》りながら、ついに指が乳首に触れた。

「あああっっ――」

その身に雷が落ちたように、背を弓なりに反《そ》らせて叫んでしまう。それくらいに理性が吹き飛び、気がいってしまいそうなほどに悦かったのだ。

葉月は恍惚としてその沼に堕ちた。よもぎを焚く匂いさえも、白檀《びゃくだん》をもっとかぐわしくしたようなものに感じられる。

「悦《い》い、悦い……あああっ……」

両の乳首に情の液を塗り込み、揉み込む。私は女人ではないのに、乳房など持たぬのに、どうしてここがこんなに悦いのだろう。

「なりません！　ここからはどなたもお通しすることはできませぬ！」

惟成の叫ぶような声が聞こえた。そして――。

「通せ、惟成。俺は葉月、いや重彬のもとへ行かねばならぬのだ」

(晴通さま?)

葉月は一瞬我に返ったが、着衣は乱れてほぼ全裸に近い状態に変わりはない。ひとり行為にふけっていたせいで肌は上気し、身体中に塗り込めた情液がてらてらと光っている。

葉月は我が身をぎゅっと抱きしめた。いや、こんな浅ましい姿を見られるなんて……！

「重彬さまは、どなたも絶対に通してはならぬと仰いました……！」

「入れてもらえぬとあらば、力づくでも通らせてもらう」

「だめです、いけません……っ！」

「あれの幼少時から、いつも側にいたおまえにはわかっているはずだ」

（わかっているって、何を？）

葉月は顔を上げた。しばしの間、惟成は答えずにいたが、やがて声が聞こえた。

「それでも、誰も通してはならぬと……！　晴通さま！」

妻戸の向こうで揉み合うような様子がうかがえる。葉月はただ抱きしめた淫らな我が身を震わせることしかできなかった。だが、揉み合えども惟成が晴通に敵うわけがない。やがて妻戸が開き、御簾の向こうに晴通の影が見えた。

「晴通さま……」

葉月ははだけていた衣装をかき寄せた。

「お、お帰りください。晴通さまといえど、お入りいただくわけにはいきません。このような……情男が発情している場など」

「何を言う……俺はおまえの匂いに導かれてきたのだ」

「でも……っ、このような淫らな姿を見られたくはないのです、どうか……」

「入るぞ」

葉月が懇願するのと、御簾を捲《まく》り上げて晴通が入ってきたのと、ほぼ同時だった。逃げも隠れもできず、葉月は訴えるしかない。だが、急に火がついたように身体が燃え上がるのがわかった。芯をもったままの情男の雄が、彼を見ただけでふるふると揺れながら天井を向く。

「お願いでございます、はるみ……！」

葉月の言葉は、晴通の唇に吸い取られていた。言葉だけではない、身体も、心も。

「んんっ……ぅぅ」

抱きしめられて唇を奪われて、葉月は陥落した。二人の匂いが口づけを通して混ざり合い、ひとつの匂いになる。

「あ……っ」

苦しい、でもやめたくない。でも、どうやって息をすればいいの……？

「口を吸われるのは初めてか？」

唇の角度を変える間に、晴通が問う。

「は……はい……」

「それは嬉しいことだ。そなたの唇を味わったのは、俺だけということか。この先も……」

（この先も？）

「重彬、よいか。この先もだ。もう離さぬから」

「っ……あ」

葉月の口内に晴通の舌がねじ込まれてきた。葉月はひゅっと息を吸い、反射的に自分の舌を差し出す。

（ああ、この先もずっと……でも、それは……、ああ、晴通さま、もっと、欲しい……）

「上手だ……そう、顔を俺にあずけて……」

声は優しく、葉月の顔を包み込む手のひらも優しい。上手と言われて嬉しくて、葉月はうっとりとしてしまう。

「ひとりで発情に耐えるのは辛かっただろう……こんなに、美しい肌に傷をつくって」

唇をほどき、晴通は葉月を抱きしめる。ぬらぬらした情の液を身体に塗りたくっていたつもりが、突き上げるものを逃せなくて何カ所か爪を立てていたようだった。葉月は晴通の胸に寄り添う。

「はい、辛くて、辛くて、ひとりで淫らなことをしてしまいました……元服させていただいたというのに、このような浅ましい姿、晴通さまに見られたくなかったのです」

正直に打ち明けると、褒美のように優しく口を吸われた。そして晴通は自らの着ているものを解いていく。弓馬の会で見蕩れた逞しい胸が露わになっていく。目を惹きつけられすぎて、かき寄せた衣を剥《は》がされていることにも葉月は気づかなかった。

「浅ましいことなどない。それを欲情というのだ。情の者が子を孕《はら》むことができるようになった証《あかし》だ」

「それは、その欲情というものは、情の者にしかないものなのですか？」

「いや、貴の者も普の者も欲情する。それは目の前の相手が欲しいということだ。むろん、愛していれば尚のこと。葉月、いや重彬、俺はおまえを愛している。広長の屋敷で出会った時からずっと」

そしてまた激しく口を吸われる。晴通に応えようと無意識に舌を蠢《うごめ》かしながら、葉月は考えていた。今、晴通さまはなんと仰られた？　私を、愛してくださっていると……？

「無慈悲で理不尽な境遇に耐えているおまえが健気で、愛しいと思った。そしておまえを知れば知るほど、きっと俺の運命の番《つがい》に違いないと思うようになった。俺たち二人だけで匂いを共有していることがその証だ。早く、こうして肌を合わせたかった……」

肌を？　気がつけば二人は裸の胸を摺《す》り合わせるようにして抱き合っていた。恥じらう間もなく、葉月の首に晴通の舌が這う。

「あ……にお、い……。ああっ」

「そうだ、匂いだ……。悦いか？　これは好きか？」

悶《おぼ》える葉月に、晴通は優しく問う。舐められたり、吸いつかれたり、舌での愛撫《あいぶ》に葉月は溺れ、だんだんと正気を失っていきそうになる。

「正直に……淫らなことではない。互いの身体を確かめ合っているのだ」

「す、好き……んんっ、も……っと」

「そうだ。おまえの悦いところをもっと教えてくれ……おまえの全てを愛したいのだ」

呼び方が、そなたからおまえになった。それだけのことなのに、葉月は晴通のずっと深いところへ入れてもらった気がして、本能が命ずるままに晴通に甘えた。さっきから乳首が疼いて仕方ないのだ。

「ああ……晴通さま、もっと、下を……あ、む、胸、を……んっ」

「胸か。胸の何処だ?」

「い……嫌です……っ、恥ずかしい……」

愛撫に溺れていても、流石に乳首などとは言えない。それなのに、きっと晴通さまはわかっているのに……。だって、こんなにじんじんと疼いているのだ。赤く腫《は》れ上がっているに違いないのに。

「教えてくれ……おまえの口から聞きたいのだ。どこを可愛がって欲しいのかを」

「あっ、ああ……晴通さま、意地悪です……っ」

正気では言えないような言葉が唇から勝手に零《こぼ》れだす。葉月は嫌々をするように首を振ってみせた。

「本当は、わかっておられるくせに……っ」

　葉月のそんな様子に晴通はふっと微笑んだ。

「悪かった。可愛すぎるからそれはやめてくれぬか？　俺は悶《もだ》え死んでしまいそうだ」

「触って、くださいますか？　ああ……っ」

　自分が何を言っているのかもわからない状況に陥っていた。葉月は自ら胸を突き出す。そして晴通はうずうずと熟れたそこを唇に含んだのだった。

「あ、んーっ」

　唇で……、思いもしない行為だったが、葉月の身体は正直に悦《よろこ》んだ。勝手に脚をばたつかせてしまう。

「甘い実だ……世に、このように美味なものがあろうとは」

「私は……っ、甘いの、ですか……っ」

「ああ、この上なく……重彬、いや葉月、おまえが俺の腕の中にいる時だけは葉月と呼んでいいか？」

「嬉しい……素晴らしい名をいただいておきながら、このようなことを言う私を──」

　語尾は晴通の唇に食べられてしまった。

「ん……」

とろける喘《あえ》ぎに応えるように、晴通は指で乳首を捏《こ》ねながら、葉月の唇を喰《は》む。

「俺は早くおまえが欲しくて、だが元服するまではと耐えていた。なんとかおまえを元服させたくて、そうしたら母上からその話が出た……俺が、どれだけ嬉しかったかわかるか？」

「わ、わからない、なにも……っ」

唇と乳首、二つの快感を受け止めるので葉月は精いっぱいだ。晴通はふっと微笑む。

「おまえが大人の男になるのを待ち望んでいたくせに、おまえは俺の中では葉月なのだ。おかしいだろう？」

そして急に、晴通の眼差しに雄みが差す。葉月の背を何かがぞくりと這い上がっていく。

「烏帽子を被ったまま、身体には何も身につけぬというのは、なんと妖しい美しさだ……」

「な、なんということを仰るのです……！」

今更自分の姿に恥ずかしさを覚え、葉月の血が湧き立つ。そして……。

「ああっ、やぁ、なんで……っ」

芯を持ち続けていた葉月の茎から、勢いよく精が迸《ほとばし》り出た。同時に、後ろからぬるりとした情液が溢れる。

前からも後ろからも、大人の男の証、烏帽子を被ったまま……だが、烏帽子を人前で脱ぐことはならぬと教えられた。こうして交わる時も……？

「俺の言葉で興奮させてしまったか……」

晴通は宝物を扱うように優しく葉月を抱き上げ、まだ放出し切らずひくひくと震える茎を扱いてくれた。

「あ、あ……悦い、晴通さま、悦い……」

晴通に誘《いざな》われ、二度目の放出を終えたあと、葉月は後ろに晴通の指が差し込まれたのを感じた。葉月の精と情液が晴通の指で掻き回され、じゅぶじゅぶと淫らな音をたてる。だが葉月に抵抗はなかった。そこで貴の男の雄を受け入れることを、情男の本能として知っていたからだ。

「挿《はい》ってもよいか？」

優しく問われる。空いた指で、晴通は労《いたわ》るように葉月の顎《あご》の線を撫《な》でた。

「はい……」

身体を横向きにされたかと思うと、膝を高く持ち上げられた。その中心の濡れた窄《すぼ》まりに、晴通の雄があてがわれ、やがてゆっくりと進んできた。

「はるみち、さま……っ」

交わりを感じ、葉月は感動して涙を零した。その一方で、反射的にそこが締まり、葉月は晴通の雄をきゅっと咥《くわ》え込んでしまう。挿入に苦痛はない。それどころか緩い動きがもの足りないのだ。

「少し、緩めてくれぬか？」

晴通は葉月の顎を掬い上げて、口を吸いながら頼んでくる。駄々《だだ》っ子をあやすような、少し困った口調。だが、葉月は駄々っ子そのものだった。

「嫌です……っ。もっと、もっと、ああ……」

なんて言えばいいのかわからない。刺激が緩すぎるなどと――。

だが晴通はわかってくれていた。

「……もっと強くしてもよいのだな」

顔を上げ、葉月は濡れた瞳でこくこくとうなずく。晴通の笑みが、一瞬、昏《くら》く艶めいたかと思うと、葉月のなかに楔《くさび》が一本打ち込まれた。

「ああっ、強い……っ」

「では遠慮なくおまえを貪《むさぼ》らせてもらう。これほどの幸福があろうか……おまえがそのように求めてくれるなどと……」

「欲しいのです、晴通さま……もっと欲しい……」

涙の溜《た》まる目尻にくちづけられかと思うと、裏腹に激しい律動が始まった。なかを退か

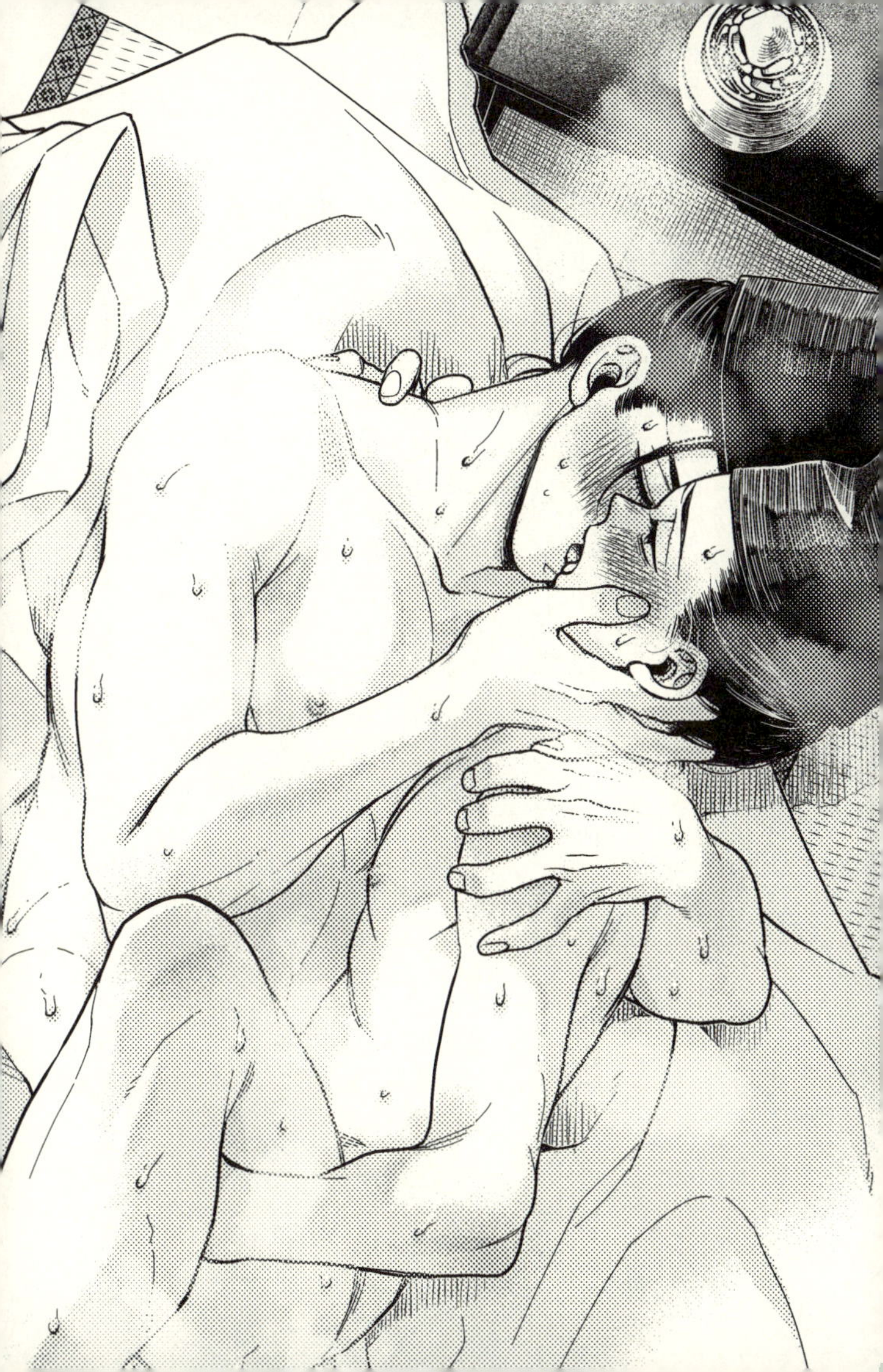

れたかと思うと、激しく穿《うが》たれる。葉月の情液が飛び散るほどに、晴通は腰を強く打ち付けた。

「葉月、葉月……！」

「当たる……やぁ、当たります……っ」

何に当たっているのかわからない。だが確かに晴通の雄が葉月のなかで「当たって」いるのだ。

当たる、と悶えるたびに、晴通はそこを穿つ。人は、情の者は、こんなにも淫らになれるものなのか。でも、幸福でたまらないのだ。悦い、悦いと喘ぎながら、葉月は自ら晴通の唇を探り当て、きつく吸った。その時。

「受けてくれ」

晴通は一瞬、これまで以上に激しく奥の一点を穿ち、貴の男の精を迸らせた。

葉月は下腹部を強く締め、晴通に応える。誰に、何に教えられたわけでないのに、葉月は精を受け止めるということを知っていた。強い締めつけで自らを扱くようにして、晴通は最後の一滴までを葉月の中に出す。

「ん、ん────っ！」

咆哮《ほうこう》のような喘ぎ声と共に、葉月の意識は朦朧《もうろう》としていく。

（こんなの、こんな、の……って）

快感とともに、愛する男の精を受け止めた多幸感に包まれて、葉月は意識を手放した。

発情期は、数日続く。

その間、情男はあふれんばかりの欲情が続く。相手の者もその匂いで包み込み、同じように欲情にふける状態が続く。空腹も睡眠も忘れてまぐわうのだ。

惟成は時折、そっと簡単な食事を差し入れてくれていた。それで、何も食べていないことを思い出すような有り様だ。晴通が葉月を膝に乗せて、食事を与える。共に食べる。さすがに喉が渇くので、葉月は晴通の口移しで水を飲ませてもらっていた。食事も、水を飲むことも、まぐわうことの一部だった。

互いに上りつめ、気をやって、浅いまどろみに落ちることもある。そんな時も、晴通はいつも葉月を腕に抱いていた。御簾の中の狭い空間で、世の中でたった二人きりになったように、ただ互いを求め合って。

四日ぐらい過ぎると、その激しい熱も少しずつ退いていく。頭も身体も心も、欲情以外のものは必要ない狂喜のような状態から、徐々に正気に返っていくのだ。

五日目、二人は指を絡め合い、並んで横になっていた。身体のあちこちが痛い。葉月の隘路《あいろ》も、晴通が激しく穿ったために、熱をもってじんじんと痛みを訴えている。もちろん、そうしてくれと望んだのは自分なのだが——様々な角度で交わったせいで、諸処の関節や腰も痛かった。

（私はこんなにひ弱だったのか）

発情の前と変わらない晴通を見て思う。疲れどころか、厚い胸はさらに筋肉で隆起して、男の色香を発散している。

「痛むか？」

葉月の心を覗いたかのように晴通が訊ねる。葉月は正直に答えた。

「はい」

「すべては俺のせいだ……小柄なおまえを思いやれず、許してほしい。とにかく我を忘れてしまったのだ。葉月に溺れて……」

「いえ、あのっ……私がそうして欲しいとお願いしたからであって……」

「発情期だったからな。普段の交わりはもっと穏やかに……できると思うが」

「え、あの、その……それは——」

これからのことを示唆《しさ》するような晴通を前に、葉月は動揺して赤くなってしまった。

「まことに可愛いな、葉月は」

引き寄せられ、口を軽く吸われる。

――これからどうなるんだろう。

発情の波が退くにつれ、葉月は考えていた。晴通さまが情男の私などを本気で相手にされるわけがない。これはきっと、情男と通じてみたかったという、晴通さまの気まぐれなのだ。これで終わり……。

そう思ったりもした。だが、即座に彼はそのような方ではないと心が打ち消す。自惚《うぬぼ》れているわけではない。それでは、あの広長と同じということになってしまう。

六日目、晴通は諸用を片づけるといって出て行った。

「六日も篭《こ》もっていたゆえに、少々勤めが積んでしまったのだ。俺はずっとおまえの側にいたいのだが」

晴通は子どものわがままのようなことを言い、照れたように笑う。

「これを蜜月《みつげつ》というのだな……惟成に共を頼みたいがよいか？　土産があるゆえ楽しみに休んでいてくれ」

そう言って、身なりを整え、晴通は出かけていった。

――葉月、いや重彬、俺はおまえを愛している――。

今思えば、恐れ多すぎるあの言葉。発情して抱き合うことに夢中になっていたから受け止められたが、心が平静に戻った今、葉月は迷っていた。もちろん相愛だったことは幸せだ。だが――。

男同士で、身分も違う。自分は権大納言の息子といえど母は身分が低かった。晴通は二条家を盛り立てていかねばならぬ身だ。

(でも、晴通さまは身分などはきっと気になさらない)

素直にそう思えた。だが、それでは晴通のためにならない……。そして葉月は自嘲気味にふっと笑った。

(私は何を考えているんだろう。それ以前に私は情男じゃないか)

女人は情の者であっても、貴の男の妻になれる。女人になりたいと思ったことはなかったが、葉月は今初めてそれが羨ましいと、そして理不尽だと悔しくなった。同じように子を孕むことができるのにどうして……。

男は女と結ばれるもの。それは陽が東から昇ることと同じくらい、この世のことわりだ。覆《くつがえ》されることなどあり得ないし、もし覆せば相応の罰《ばつ》がくだるだろう。

――晴通さま。

名を呼ぶだけで身体が熱くなる。発情の残り火が葉月の身体を焼こうとする。

（これがひと月に一回、やってくるというのか……）

身体を重ねて愛し合ったことは素晴らしいのに、葉月は心が重かった。ここ最近は今までよりずっと上質な薬を飲んでいたというのに、それでもあんな……。もっと薬の量を増やさねばならないということか。だが、その薬を用意してくれているのは当の晴通なのだ。

薬を増やすどころか、

『これからは俺がいるから薬などいらぬ』

などと明るく笑い飛ばしそうだ。

（それに、発情期など関係なく、男女は愛を交わしているというから……）

発情に翻弄《ほんろう》されない愛の営み……きっとどんなにか――。だが。

もう晴通さまと通じることはできない。

葉月ははっきりと思った。亡き父の縁というだけで、この身をまるで家族のように温かく受け入れ、元服までさせてくれた二条家の人々を裏切ることはできない。良家の姫と結婚し、家を、身を繁栄させていくという晴通の将来に水を差してはならない。

身を退《ひ》こう。でも、どうやって？

結局世間知らずのままの自分が嫌になる。晴通さまのためと思えばなんだってできるだろう？　葉月、いや重彬。

——あなたが女性だったらと思ってしまってね……。

北の方さまを悲しめたくない。大切な人たちを守るためなら、なんだってできるだろう？

宮廷に仕官する方法を、晴通さまに頼らずに調べよう。でも、もしそれが叶ったら晴通さまと顔を合わせることになる。いや、それ以前に自分にそんなことは分不相応だ。情男が仕官などできるわけがない。

（お上が、情の者に理解があるといってもそれは……）

気がついて、葉月は可笑しくなってしまった。晴通に出会って、二条家に来てからがあまりに幸せだったのだ。本当なら今頃、広長や他の男たちの慰み者になっていただろう。情男とはそういうものなのだ。

ここで自分が賜った幸福に感謝し、晴通さまのお側を辞そう。だってお顔を見たら、匂いを感じたら、愛を囁かれたら、そして発情期が来たら自分を抑えることはできないもの……。

『私はあなたのおそばを離れます。雛鳥は親鶏を愛してしまいました。それは許されぬことだから……。でも、私が身をもって知ったあなたへの炎は、これからも雛鳥の身と心を焼き尽くすのです』

ふと歌が浮かび、急いで紙に書き記す。発情期を過ごすためとはいえ、墨と硯、筆と紙は用意しておいたのだ。実際にそんな時間などなかったわけだが。

（我ながら艶っぽい歌が詠めるようになったな）

ふっと微笑んで、そこへ「重彬さま、今戻りました」という惟成の声が聞こえ、葉月は慌てて紙を引き出しに仕舞った。晴通が帰ってきたのだ。

気分が落ちついてきたので、御簾は上げてあった。惟成は布で包んだ荷物を晴通にあずけ、部屋を辞した。晴通はとても穏やかな顔で、というよりも幼い子どものような頑是無《がんぜな》い顔で、葉月を抱き寄せた。

「ただいま」

お帰りなさいませ、という間もなく口を吸われる。

温かな、人柄が伝わってくるような唇だ。それがだんだん葉月の口内を侵食し、抗えなくなってしまう。もう発情の波は退いているというのに。

「あ……息が、苦しい、です」

控えめにそう告げると、晴通は恥じらいだと思ったのだろう。「悪かった」といたずらっぽく微笑んだ。それだけでまた、せつなく下腹が疼く。

「このまま進んだら、おまえをまた抱いてしまう。まったく困った我が身だ」

そんな艶めいた冗談をさらっと受け流すことなど葉月にはできない。赤くなって、また「可愛いな、葉月は」と追い詰められてしまうのだ。

だが（ありがたくも、と言っていいのかどうか）晴通は話題を違う方向へと向けた。

「ほら、土産《みやげ》というのはこれだ。これを持ち帰るのを惟成に助けてもらったのだ」

晴通が包みを解くと、現れたのは何冊にも及ぶ書だった。

「月隠れ日記！」

葉月は大きな声を上げて、目を見開いた。

「これは、まだ写本ができていないと言われていた『月隠れ日記』ではありませんか！」

晴通は嬉しそうに微笑む。

「その顔が見たくて、ひとっ走り行ってきたのだ」

「わ、私のために？」

「他に何がある？」

葉月は光輝く宝物を眺《なが》めるように、しばらく書を見つめるばかりだった。晴通はそんな様子をにこやかに見守っている。

『月隠れ日記』は、かの『星影日記』の続編で、物語の最後に都を去った主人公、綺羅星の君のその後を書いたものだった。長いこと待たれ、ついに完成したとは言われていたものの、世に普及させるには原本を書き写さねばならない。大変な作業だ。

「ま、まだそれほどに世に出ていないのではないでしょうか……」

「そのようだな」

晴通は事もなげに言うが、きっと以前から手回しし、最速で入手できるようにしてくれていたに違いない。

「ありがとうございます。ゆ、夢のようです……。なんとお礼申し上げればよいか」

「口を吸ってくれたらそれでよい。喜んでもらえたなら」

こればかりは断るわけにはいかない。それに、葉月も礼をしたかった。さきほど諦めようとしたばかりなのに、優しい彼に応えたかった。

肩に手を置き、顔を上に向けて、晴通の唇をちゅっと吸った。そして恥ずかしくなって下を向いてしまう。

（な、なんなのだろう。発情の間はあんなに乱れたくせに、自分から口を吸うことがこんなに恥ずかしいなんて……っ）

「本当におまえは可愛い……先ほども言ったが」

晴通は返しのくちづけを仕掛けてきたが、それ以上進まなかったのは、まだ他に話があるからだったのだろう。葉月を離すと、向かいに座らせた。

「今日出かけたのは、書を取りに行くだけでなく、もうひとつ、お上と大切な話があったからだ」

晴通が帝に用があるのは普通のことだろうが、それが自分に関係があるのだろうか？

葉月は「はい」と話の続きを待った。

「実はおまえを、お上の御子、次の帝となられる、東宮《とうぐう》さまのお付きにと正式に推薦してきたのだ」

「ええっ！」

驚いたというような言葉ではとても足らなかった。なんの冗談かと思ったほどだ。

「なっ。なにを仰っているのですか、晴通さま」

「いたって真面目な話だが？　元服も済ませたことだ。これでおまえも宮中へ仕官できる」

「そ、そのような……私は宮中になんの伝《つて》もありませんし、それに情の……」

「情男だからと言いたいか。だが、それはこの話に関係のないこと。それに、おまえは元の権大納言、氏原重時の子息であり、俺の父、右大臣の後ろ盾もある」

関係ない？　葉月は理解できなかった。

先ほど考えていたばかりだ。どうして情男が宮廷に仕官することができるというのか。しかも東宮の側仕えなどという大役を……。

「東宮さまは御年、二歳になったばかりであらせられる。そして母は俺の姉、中宮でもあった二条初子。つまりは俺の甥だ。お上にとっては最愛の中宮との御子、俺たちにとって、大切な大切な御子なのだ」

二歳になったばかりといえば、太郎君より幼い。もう母上がおられないなんてお労《いたわ》しい……驚きは一旦、横に置いて幼い東宮を思い、葉月の胸は痛んだ。一方、晴通の話は続く。

「中宮さまは何者かの呪詛《じゅそ》によって命を絶たれたのだ」

晴通は辛そうに、そして悔しそうに唇を噛んだ。葉月は衝撃のあまり、言葉を失う。

「お上には形ばかりの妻が何人かいたが、愛したのは中宮さまただひとりだった。他の女《にょう》御《ご》たちは貴の姫で、中宮さまだけが情の姫であったゆえに、云われなく妬まれ、恨みを買ったのだろうと言われている。だが決定的な証拠はなく、結局、呪詛した者はわからずじまいで迷宮入りしてしまったのだ。東宮さまを産んで、間もないことだった」

「なんということ……」

葉月は声を詰まらせた。情の姫を羨ましく思っていたものの、宮中では帝を巡って、このような蔑みや妬みもあるのだと知り、やるせなかった。

「後宮《こうきゆう》は時に、女人たちの恨みが積もり、魑魅魍魎《ちみもうりよう》が住まうという。そのような中でお上は、東宮さまの側には、裏表のない純粋な者を置きたいとお考えになっている。東宮さまを優しく包み込み、知性と品性をもって接することのできる者を。俺は、おまえが光子や太郎と接するさまを見てきて、東宮さまのお側に仕える者はおまえが適任、いやおまえしかいないと考えた。そのことをお上に申し上げてきたのだ。おまえが情男であることについても、お上は、愛する妻が情の姫だったのだ。三性など問題ではないと仰った。お上は常に民のことを思い、日頃から情の者、特に情男に対する蔑みも憂《うれ》いておられる。その上で、一度おまえに会いたいと」

「お上にお会いするなど恐れ多いことでございます。それに、私は、そのような立派な者では……」

葉月の答えに、晴通は眉間を険しくした。

「そうやって自分を卑下《ひげ》するのはおまえの悪い癖だ。おまえの生い立ちを思えばわからないではないが、もっと自分に自信を持て。おまえは美しく、賢く、優しい立派な者だ……。俺が愛した者なのだから」

感情の高まりに抗えなくなったのか、晴通は葉月を抱きしめた。衣に焚きしめられた香に頭がくらくらした。それは晴通の匂いではないけれど、有無を言わさず顎を掬い上げられたかと思うと、口を吸われた。

「ん……はる、みちさ、ま……」

激しく口を吸われれば、抗えなくなってしまう自分に腹が立つ。ついさっき、彼と距離を置こうと決めたばかりなのに。

「惟成」

晴通のひと言で、惟成はさっと御簾を下ろす。二人だけの空間になると、晴通は葉月を組み敷いてきた。

「すまぬ……発情が空けたばかりだというのに、俺はおまえが欲しい。夜まで待てぬのだ。このような俺を浅ましいと笑うか、葉月……」

「いいえ、いいえ、そんなことは……！」

「抱くぞ」

その雄《おす》みのある言葉に葉月の背は粟立《あわだ》つ。

決めたばかりなのに……自分を詰《なじ》りつつも触れられれば抗えない。だから、触れ合うことのできないところに身を離さなければ……晴通の雄は真っ直ぐに葉月の最奥を目指して突き進んできた。

「あっ、ああっ……」

淫らに膝裏を開かれ、晴通の猛々《たけだけ》しい雄が葉月の奥を突く。何度も突かれ、葉月は掠《かす》れ声で喘《あえ》いだ。

「こんな……おまえを可愛がることもせずに済まぬ……辛いであろう？　許してくれ……だが、おまえが愛しくて止められぬのだ……」

「いいえ、悦い……悦い……」

葉月は着衣のままで晴通の身体に四肢を絡ませていた。そして、二人同時に極《きわ》みが訪れる。

「悦い…………」

「はづ、き……」

唇を吸い合って余韻に浸《ひた》る。葉月は晴通にもたれかかり、脚の付け根から晴通の精と情液が流れていくのを感じ、きゅっと膝を締めた。発情に支配されなくとも、一度情を交わせばこのように……。

「葉月」

もたれ合ったまま、晴通は回した手で葉月の頬に触れた。

「俺は、おまえを正式に妻にしたいと思っている。いや、男だから妻というのは違うのかもしれぬが……。葉月、おまえを愛している。東宮さまに仕えて落ちついたら、どうか俺の北の方になってほしい」

情事の余韻に浸っていた葉月は、我に返って晴通を見つめた。

「い、今なんと……」

聞き違いでなければ北の方になってほしいと……そんな、そんなことって……。

「何度でも言おう。どうか、俺の北の方になってほしい」

真摯な晴通の言葉に、溢れかえりそうな幸福と、同じくらいに大きな戸惑いが訪れた。

嬉しい、嬉しい……でも、でも――。

「この葉月をそのように思っていただき、葉月は幸せの極みにございます。でも、でも、それはできません……」

向けたのは、哀しみにゆがんだ顔だった。晴通は目を瞠っている。

「何故だ……何故そのようなことを言う。おまえも俺を愛していると言った。あれは嘘だったのか！」

「嘘ではありません。晴通さまを命かけてお慕いしております。だからこそ、お受けできないのです」

ああ、なんと言えばいいのだろう。心の準備がなかった葉月は、それでもありのままを答えるしかなかった。

「何故……」

慟哭《どうこく》のような、晴通の苦悩に満ちた顔。見ていられないが、目を反らしてはいけない。

葉月は晴通の目を見つめた。

「私たちは身分違いの上に、それ以前に男同士です。しかも私は情男。晴通さまは、この二条の家を継ぎ、盛り立てていかれるお方……然《しか》るべき姫さまを娶られて、ご立派になっていただかなくては……！」

「然るべき姫だと？　そのようなものがなくても、俺は家を盛り立て、出世してみせる。ただ、そのためにおまえが必要なのだ。おまえに愛され、癒やされたい。おまえとの子を育て、おまえに本当の家を作ってやりたいのだ」

晴通さま、なんとお優しいことを……。葉月は心の中で泣いた。晴通さまの子を孕み、二人で育て……そうできたらどんなにいいだろう――それこそ夢だ。

「いいえ、できません……。男の北の方など、この世のすべてが許しません」

「そのようなこと、誰が決めた？」

晴通は真剣な顔で問い詰めてくる。そんな表情すら美しくて愛しい。

「男と結婚してはならぬなど、誰が、何が決めたのだ」

「それは、この世のことわりにございます……」

対する自分の小さな声。

「ことわりを破れば、きっと怖ろしい罰が下ります……。晴通さまがご不幸になるなど、葉月は耐えられませぬ」

晴通はふっと笑みをこぼした。愛しい唇が、尊大に告げる。

「そのようなことわりなど、俺にはない」

葉月はもう何も言えず、重たい沈黙が訪れた。ややあって晴通は葉月を腕から解放し、居住まいを正した。

「……今すぐにと言っているのではない。だが、俺の心を知っていてほしい」

はい、と答えるべきなのかどうか……逡巡《しゅんじゅん》する葉月に向ける晴通の目は、もう動揺していなかった。では、どうして身体を開いたのだ、どうして俺を愛していると言ったのか、責めたいことはたくさんあっただろうに――。

「東宮さまの件については、明後日、お上の元へ上がるのでそのつもりでいてくれ。東宮さま――常葉《ときわ》さまにお会いすれば、きっとおまえの気持ちも変わるだろう」

晴通は葉月に背を向けた。惟成を呼んで、身を清めて着替える準備を申しつけている。

惟成も晴通に心酔し、彼の世話もすっかり心得たものだ。晴通が妻戸から出て行ったあと、惟成が再びやってくるまで、葉月はひとり、御簾の中で茫然としていた。

四

二日後、葉月は晴通に連れられて、初めて宮中を訪れた。

晴通は勤める時の黒い束帯《そくたい》姿。思わず見蕩れてしまうきりりとした精悍な姿だ。一方の葉月には、紅《くれない》の直衣が用意されていた。宮中を訪れる参内なので、烏帽子ではなく冠だ。

直衣での参内は、帝に許された、ごく限られた者だけだと晴通から教えられていたが、自分が直衣姿で帝の御前《ごぜん》に上がるなど、葉月は緊張で足元がおぼつかないほどだった。

ただでさえ、晴通に「北の方になってほしい」と言われ、気もそぞろなのに……だが、宮中へ向かう牛車の中でも、当の晴通はそのことには一切触れなかった。私生活と自分の勤めをゆるぎなく切り離しているのだ。そうだ、私もしっかりせねばと、葉月は気を引き締めようとした。

「そのように固くなることはない」

「そうは仰いましても、宮中に参内するのはもちろん、お上にお会いするのも初めてなのです。しゃんとせねばと自分を戒《いまし》めてはいるのですが」

葉月は正直に答える。何もかも恐れ多いことばかり。氏原家で下働きをしていた頃から、まだ一年ほどしか経っていないのだ。元服しただけでも信じられないのに、自分が宮中に上がる日が来るなどと、どうして想像できただろうか。

「大丈夫だ。俺がついている。おまえはしっかりとやれる」

穏やかに、だがはっきりと。晴通の言葉に葉月は、身体の中に凛とした芯が通るような心地がした。

「おまえは先の権大納言の子息、そして今は我が父、右大臣が後見となっている」

「はい」

あの夜から、そなたではなく、おまえと呼ばれるようになった。一気に距離が縮まったようで、嬉しいのにとまどう。思考が甘く傾いてしまいそうになって、葉月はきりっと唇を引き結んだ。

「その直衣も冠もとてもよく似合っている。やはり濃い紅にしてよかった。おまえの肌の白さが引き立つ」

それなのに、晴通はそんなことを言う。

きっと彼は感じたままを言ってくれたのだろうが、今の葉月には、肌の白さなんて言われると心臓が忙しなくなってしまう。求婚された身としては、そして拒絶した身としては……。晴通を思う心が、まったく断ち切れていないことを思い知らされる。

「ありがとうございます」

「ああ」

だが、狭い牛車の中で匂いは混じり合わない。発情が終わり、匂い消しの薬が効いているのだろう。

（こういうことを寂しく思ってはいけないんだ）

晴通とはそれ以上会話が続かず、ほっとしたような、せつないような。そのうちに、牛車は御所《ごしょ》に到着し、また新たな緊張感が押し寄せてきた。晴通のあとに続いて渡り廊下を歩く。すれ違う女房たちが道を開け、礼をする。だがその雰囲気で、女房たちの晴通に対する熱い視線が感じられるのだ。

（そうだよね、こんなに美しい女人たちにお慕いされておられるんだ。何も情男の私を……）

やはり世のことわりを曲げるのは怖ろしいことだ。女人たちだけでなく、男たちもまた、彼に深く頭を下げたり挨拶したりしている。晴通が宮中で信頼も厚く、強い影響力を持っていることを聞いてはいた。同時に、自分と一緒になることで、晴通の地位や評判を貶《おとし》めることになるのだと、改めて感じ入る。

「重彬」

不意に袖を掴まれ、葉月は立ち止まった。幼名ではない、その響きが、ここは私的な空間でないことを今更ながらに知らしめる。

「どこまで行く気だ」

見れば、御簾の下がった部屋の前まで来ていた。考え事をしていたから通り過ぎようとしていたようだ。

申しわけありません、と詫びる間もなく、晴通の少し後ろに控えるよう促され、葉月は戻ってきた緊張で少々ぎくしゃくしながら、晴通に倣って座り、頭を下げた。

「お上、晴通にございます。先日お話していた者を連れて参りました」

「晴通か、中へ参れ」

晴れやかな声がしたかと想うと、なんと、心の準備がないままに御簾が上げられた。晴通は慣れた様子で部屋へ入るが、葉月は突然に帝を目の前にして、完全に固まってしまった。

（こ、このお方が桜雅帝《おうがてい》……時のお上……）

「申しわけありません。内裏《だいり》には初めて上がったこともあり、緊張しておりまして」

「はは、それも致し方ないが、朕《ちん》はそなたを取って食ったりなどせぬ。もっと近う」

　気さくに言われても、このまま庇にいればいいのか、恐れ多くも部屋へ上がってよいかもわからない。晴通が「お上の仰せだ。私の隣へ」と言ってくれなかったら、ずっとそのままで石のように固まっていただろう。

「お上、お初にお目にかかります。氏原重彬にございます」

　なんとか挨拶をすると、帝は優しく微笑んだ。

「先の権大納言、氏原重時の子息であると聞いている。重時には、よく務めてもらった」

「もったいないお言葉でございます」

　もはや、自分が正しい受け答えをしているかどうかもわからない。だが、帝のまなざしは温かい。

「重彬、そなたと我が二条家のいきさつは、お上には既に申し上げている。すべてご存じであるから、気にすることはない」

　晴通の口調も、帝を前にしてからは和らいだものになっている。葉月を安心させようとする心が感じられた。そして、自分のことを「俺」ではなく「私」と言っているのが新鮮だった。晴通の宮廷人としての姿を、そんなことからも感じ入る。

　一方、帝はにこやかに、葉月と視線を合わせてくる。

（私が情男であることを知った上で、こうして近くに寄らせてくださっているんだ――）

「まだ若いのに、多くの苦労をしてきたのだな」

「っ……お上……そのような……」

憐れみではない、労るような言葉に、葉月は声を詰まらせてしまった。この御方は晴通さまと同じだ。包み込むような空気を感じたら、涙が落ちてしまった。

「申しわけ……ありません、このような……」

「朕の前だからといって、感情を抑えることはない。清らかな涙だ。のう、晴通？」

「はい、重彬はとても純粋な心を持っております。ですから私は、彼が東宮さまの側付きとして適任であると確信しております」

「うむ」

自分が泣いている間に、いつやら話が進みつつある。葉月は居住まいを正した。

「そのことでございますが、お上……！」

「そなたが情男であることを気にしているのなら、それは意味のないことだ。東宮の母、朕が愛した初子は情の姫であった。そのことで宮中で辛い思いもしたようだが、まったくもって腹立たしい。朕は、三性によって人を見下すほど馬鹿らしいことはないと思っている。それを教えてくれたのは初子だ」

「お上と私はずっとそう思っていると言ったであろう？」

優しく晴通が後押ししてくれる。もっと自分に自信をもて——晴通の言葉が思い出された。

（自信を持っていいのだろうか。人のために私がやれることならば、なんでもやりたいけれど）

「とにかく東宮に会ってもらおう、顔を見れば否とは言えなくなるぞ」

帝の表情は、子どもを目に入れても痛くないという父親の表情そのものだった。帝といっても、誰かの子や親であることは民と変わらない。そんな当たり前のことに、葉月は今更気づいてほっこりとした。

「常葉をこれへ」

女房に伴われ、小さな東宮が、屏風の後ろからぴょこんと現れた。

「ちちうえー」

呼びながら、東宮、常葉が帝の膝にちょこんと収まった。にこにこしながら晴通にも気づき、ぶんぶんと手を振る。

「はるみち！」

「東宮さま、しばらくお顔を見に来ることができず、申しわけありませぬ」

晴通もまた、包み込むような目で常葉を見る。東宮である前に、甥っ子が可愛くてたまらないといったまなざしだ。

(可愛い!)

そして葉月は思わず心の中で声を上げていた。

丸い顔にはえくぼがあって、みずらを結っている頭もまんまるだ。きらきらした目と、小さな花が開いたような口元。東宮にこのような表現は失礼であろうが、とても愛嬌《あいきょう》があって、周りの者を思わず笑顔にさせるような、陽の雰囲気が発散されている。

緊張も忘れ、葉月も笑顔にならずにいられなかった。だが、帝と晴通の間を、嬉しそうにとことこと行ったり来たりしていた常葉は、葉月と目が合って、思わず父の後ろに隠れてしまった。

(おやおや、人見知りなさっているのかな?)

「あのひと、だあれ」

恥ずかしがりながらも葉月が気になるようで、ちらちらと視線を送ってくる。そのたびに、葉月もにっこり笑って、視線を受け止めた。

自分が子どもの世話が好きだということは、光子と太郎で自覚済みだ。可愛いなあ、抱っこしたいなあ、と思う。

「常葉、あの方はこれから、おまえと遊んだり、世話をしてくださる……かもしれない方だ」

「せわ？」

「東宮さまと毎日一緒にいて、いろいろとお手伝いをさせていただくことです」

「おてつだい！」

常葉はぱあっと目を輝かせて、葉月の元にとことこ歩いてきた。ちょこんと目の前に座り、葉月の顔を覗き込んでくる。

「ときわと、あそぶの？　おてつだい、しゅるの？」

「はい、東宮さま」

きらきらした、無垢なまあるい目に見つめられたら、そう言わずにいられなかった。あまりにも恐れ多くて、辞退しようと思っていたのに……！

言ってしまった、と思った時には帝も晴通も目を見合わせていた。「やった！」という感じで、二人が帝と臣下という関係ではあれど、信頼し合った友人同士なのだということを感じさせる。

「まこと、この話受けてくれるのだな、重彬？」

「そなたなら、受けてくれると思っていた」

二人から嬉しそうに告げられると、葉月は思わず答えてしまったなどと言えない。自分の軽率さを思っていたら、常葉が膝の上に上がってきた。

「あしょぼ」

陥落《かんらく》だ。恐れ多いと言いながら、葉月は常葉の愛らしさに落ちてしまったし、帝と晴通の喜ぶ顔を見ていたら、これほどまでに望んでもらっていることが伝わってきた。私が誰かのお役に立てるのなら——。

「少しお待ちくださいね」

葉月は常葉に笑いかけてから、彼を膝に抱いたまま、帝に深く頭を下げた。

「お上、この氏原重彬、心を込めて、命をかけて東宮さまにお仕えさせていただきます」

「おお、重彬、よう決めてくれた。朕もこの上なく嬉しい」

「もったいないお言葉にございます」

「朕の言うた通りであろう。本人に会えば否とは言えぬと」

「はい、その通りでございました」

葉月の言葉が、和やかな笑みを誘う。

「ねえ、あしょぼー」

そして大人たちが話している間も、待ちきれないといった感じで、常葉は葉月にまとわ

りついている。

「今日からお仕えさせていただいてよろしゅうございますか？」

葉月も、常葉と触れ合って、少しでも早く仲良くなりたいと思っていた。帝は大きくうなずく。

「では、晴通、常葉の部屋の側に重彬の居室を用意しようと思うが」

「お上の仰せのままに。その方が、東宮さまと重彬の絆も早く深まりましょう」

（えっ、宮中にお部屋を？）

「ゆらゆら、もっと！」

いきなりこんな遊びをしていいのかなと思いながら、葉月は常葉の願いによって、膝の上で常葉を小舟のように揺らしていた。きゃっきゃと喜ぶ愛らしい声の狭間で、帝と晴通の会話を聞いて驚く。

このお役目を受けた時点で、葉月はもう何にも抗うことはないと腹を括《くく》っていたが、この展開には驚かずにいられなかった。

晴通と離れて暮らす――だが、それは今の自分にとっては良いことなのではないか？

（きっとそうだ。互いに距離を置いて、晴通さまにもその方が……）

「よいな、重彬」

折しも晴通が返事を促し、葉月ははっきりと答えた。

「はい。お上、よろしくお願い申し上げます」

「もうそのように、そなたに心を許して……常葉のそのような笑顔を見るのは久しぶりだ」

帝の目には涙が浮かんでいるように見えた。ちょうどその時、常葉の食事の時間になり、女房が呼びに来たが、常葉は葉月にくっついて離れようとしなかった。

「やーのっ。ときわもっと、あしょぶのっ！」

「東宮さま、どうぞお食事を召し上がってきてくださいませ。私はどこへも行かず、東宮さまを待っております」

「かえなない？　ほんと？」

小首を傾げ、淋しそうに確かめる常葉を、思わず抱きしめたくなってしまう。

「これからはずっとお側におります。帰ったりいたしません」

「うん！」

やっと納得……というか安心した様子の常葉は、女房に連れられて帝の部屋を出て行った。

（お淋しくていらしたのかな……）

ふとそんなことを思ったら、帝が袖を目に当てた。晴通は帝に寄り添う。

「……いや、すまぬ。常葉はああ見えて気難しくてな……これまでの世話係に心を許すことはなかったのだ。晴通から事情は聞いているだろうが、母の顔を知らず、幼いながらに自分には母がいないのだということをわかっておる。その裏側にある、どす黒い事情も感じているように思えてならないのだ。どうか、常葉の乾きをそなたの愛で潤してやってほしい」

「お上がずっと愛情を注いでおられたことは、この晴通がよく知っております。恐れながら私も、大切な姉の忘れ形見として……」

晴通も声を詰まらせている。ここにはいない、初子という女性の面影が葉月の心にも感じられた。

（お上にも、晴通さまにもこのように愛されて、いかに素晴らしい女性だったのだろう）

しんみりとした雰囲気を、不意に晴通の明るい声が破る。

「重彬の、幼子の心を掴む力というのは、本当に素晴らしい。おわかりいただけましたか。お上？」

少し茶目っ気さえうかがわせた晴通に笑顔を向け、帝と晴通は友人に戻っているようだった。

「ああ、存分に。そなたの言うた通りだ」

「お、恐れ多いことでございます」

葉月は、畳に頭を擦りつけるほどに礼をして恐縮する。

「いや、幼子にはわかるのだ。自分に対して裏心などなく、無償の愛情を与えてくれる者の存在が」

「恐れながら、私こそ、東宮さまが私という者を浄化し、癒やしてくださるお方だと思えてなりませぬ」

本能が呼び合うというのだろうか。光子も太郎も可愛くてたまらないけれど、常葉とは、強い糸で結ばれていたような気さえするのだ。

（恋人同士みたいだな）

恋する者と結ばれない我が身に与えられた救済のような……。

「お上、重彬は笛や箏にも秀《ひい》で、詩歌や漢詩にも造詣《ぞうけい》が深うございます。重時どのと母御に、素晴らしい教養を授けられました。お上や内裏の皆さまのお慰めにも、十分にその力を発揮することと思います」

「おお、それは楽しみだな」

笑顔の帝。自分は今本当に、皆が敬う桜雅帝の御前にいるのだと、今更ながらに葉月は感じていた。

「私でお役に立つことがありましたら、なんなりとお申し付けくださいませ」

「しっかりとお役目を果たせ。また様子を身に参る」

晴通は帝に礼をし、その場を辞して行った。葉月はその後ろ姿を見守る。胸に様々な思いが込み上げ……雛鳥はこれで独り立ちできたと言えるのだろうか。

「重彬」

「はい」

もの思いに沈んでいたら、不意に帝に呼ばれた。ぼうっとしてしまった。失礼であっただろうか。

「そなた、晴通を好いておるのか？」

「ええっ！」

あまりに驚き、素のままの驚きの声を上げてしまった。帝の声は穏やかで、決して咎めるような口調ではなかったけれど。

「そっ……まさかそのような。私どもは男同士にございます。晴通さまにはずっとお世話になっておりましたゆえ、様々にもの思いが……！」

「ははは」

帝は声を上げて笑う。

「いや、あまりに哀愁のこもった目をしていたのでな」

「ですからそれは……！」

「そなたを困らせてすまなかった。だが、そなたが誰を愛そうと、愛する者を見失ってはならぬ。その者がこの世に生きているだけで幸せなのだから」

「お上……」

意味ありげな言葉に、すべてお見通しなのだろうかと思ったが、その寂しげな横顔を見ていたら、葉月は、胸に迫るものがあった。

（命を賭《と》してお仕えしよう。東宮さまとお上に少しでも幸せに笑っていただけるよう……）

これも、晴通さまを諦めよとの縁なのだ。東宮さまに出会えた私は幸せだ。葉月は心の奥深くで思った。


葉月が常葉に仕え、ひと月ほどが過ぎた。

新しい暮らしや環境に馴染むのは大変なこともあったけれど、忙しくも温かな時が流れていく。東宮の側付きとして正式に仕えることに伴い、葉月は五位の位を与えられた。

常葉について、帝は我が子を大らかに見守っていきたいようだった。

「衣を汚したり、多少転んだり擦りむいたりしてもかまわぬ。庭で伸び伸び遊ばせてやってくれ。転んでも自分で立ち上がるような子になってほしいのだ。ここの者は常葉が転んだりしたらそれは大騒ぎでな」

桜雅帝は苦笑する。彼は、常葉に「自分でやる力」を身につけてほしいのだなと葉月は理解した。

「はい。お庭では花や草、土や水などに触れたり、お身体を動かすなどして遊びたいと思います。お部屋では物語本を読んでさし上げたり、手先を使った遊びなどもよろしいかと」

「ああ、それは良いな。手習いもみてやってほしいが、それは追々でよい」

まずは伸び伸びと――。

「はい。遊びから得る力というものも大きいと存じます」

帝は切れ長の目元を少し見開いた。常葉は母親似だったのだろうと、葉月はまんまるの黒い目に思いを馳せる。

「そなたは、二条家の子どもたちの相手をしていたと晴通から聞いてはいたが、本当にそれだけの経験であるのか？」

「はい。お相手といいましても、本当に遊び相手だっただけで、手習いなどは他の先生が来ておられましたので……」

少々、恐縮して答えると、見開いていた目が優しく細められた。

「晴通は、そなたは幼子の心を捉える達人であると申していた」

「もったいないことでございます。私はただ、幼い子が好きなのでございます」

「それが最も大切なことであるな」

帝は笑ってうなずいた。お優しく、気さくに接してくださるお上。晴通さまが言われた通りだ。

晴通の名前が出て、実は胸が高鳴ったのだ。もう、何日お会いしていないだろう。恋心を断ち切ると思いながら、淋しさは拭えない。どこか、心にぽっかり穴が開いたような……。

その淋しさを癒やしてくれるのは常葉の存在だった。

帝のお墨付きで、広い庭で遊ぶ常葉は本当に楽しそうだった。気難しい質で、気の合う側付きがいなかった……と聞いていたが、この小さな身体に、発散したいものがいろいろと溜まっていたのだろうか。常葉のはしゃぎっぷりを見て、葉月はそう思った。

（母君が呪詛で亡くなられたから……）

帝は伸び伸びと育てたいと思っても、周囲がそうできなかったのではないだろうか。何者かに目をつけられている怖れは確かにあるかもしれない。

(私は未来の帝をお守りせねばならないのだ)

そう思うと、気を張らないではいられなかったが、帝は『何があっても朕と晴通が責任を取る』と言ってくれた。その心のもと、葉月は常葉の相手をする。

外で遊びだした最初の頃は、とにかく走り回ってばかりいた。そして疲れると葉月に抱っこをせがむ。小柄な葉月は晴通のように軽々と抱き上げることはできないが、座って膝に乗せ、歌をうたって聴かせた。常葉は葉月に完全に身体をあずけ、うとうとすることもある。

そのうちに、葉月はただ走り回るのを追いかけっこへと変化させたり、毬《まり》を投げたり蹴ったりして遊ぶようになった。

特に常葉は毬で遊ぶのを気に入り、少しでも遠くへ蹴ったり投げたりしようと、真剣な目で挑む。その顔が凜々しくて、葉月は帝にぜひ見てもらいたいと思った。

『とてもお上手になられましたね。ぜひお上に見ていただきましょう』

『ほんと?　ときわ、じょうず?』

『はい、とっても』

葉月がにっこり笑うと、常葉は「はじゅき、だいしゅきー!」と抱きついてくる。そういえば、常葉は『しげあきら』と言えなくて苦労していたのだった。

『しゅげ、あーら』

『しゅ、しゅげあき』

上手く舌が回らないのだ。それで帝の許しも得て、幼名の『はづき』と呼ぶことで収まった。

『はじゅき』

呼ばれるたびに心の中にふわっとしたものが満ちる。この腕の中にある、あったかくて愛しいもの。ああ、光子姫や太郎君はどうしておられるだろう。今度晴通さまに聞いて……。いや、だめだと葉月は心の中で首を振る。

晴通は時々、様子を見にきていたが、葉月は常葉の相手に集中し、気づかないふりをしていた。心を残したまま拒絶して、どのような顔を向けられるだろう。晴通も葉月が常葉と遊んでいる邪魔になってはと思っているのか、声をかけてはこない。だが、視線を感じるのだ。晴通の匂いも。そんな時、しっかりと薬を飲んでいるのに、いたいけな子どもと共にいるのに、葉月の下腹はずくんと疼いてしまう。

(私は、なんと淫らな……)

だが、お互い視線を合わせなければ、それでもなんとかなった。常葉が晴通に気づきさえしなければ。

『はるみちー！』

晴通大好きの常葉は当然、とことこと駆け寄っていく。晴通は最愛の甥を抱き上げる。

すると、逞しい腕で幼子を抱いている姿に、また葉月の下腹は疼いてしまうのだった。

そんな時は当たり障りのない話をして、晴通が去るのを待つしかない。こんな様子なのだから、自分から二条家のことを聞くなどと……葉月は自らを戒める。

(愛していると言ってくださったのに、拒絶したのは私なのだから)

愛しているのに――。

そんな時も、常葉は葉月を心配してくれる。

『はじゅき、おなか、いたい？』

常葉にはそう見えるのだろう。葉月は胸がいっぱいになって常葉をぎゅっと抱きしめる。

『大丈夫ですよ。東宮さまは本当にお優しいですね』

『えへへ』

自分は孕める身体なのだ。晴通さまの子を授かったらどんなにか幸せだろう。そうすればこそ、情男に生まれた意味があるのに。

だが、すべては自分が断ち切った。自分が決めたことだから。

葉月は心に開いた穴を埋めるかのように、常葉を愛した。愛さずにいられなかった。子を思う気持ちは、産んだ母にこそ芽生えるものだと思っていたが、葉月は自分の中にもそういう感情があることを知った。光子や太郎も愛しかったが、彼らには翳《かげ》がなかった。きっとこれからも、明るいところですくすくと育っていくだろう。

だが、常葉には一抹の翳があった。それが母の死に様と関係があるような気がしてならないのだ。悪につけ込まれそうな翳だ。帝も晴通もそれをわかっていたのだろう。

(私が浄化してみせる……)

そんな覚悟も心に育っていく。

そして過日、常葉の元気な毬遊びを見た帝は、涙して葉月に感謝した。

「常葉がこんなに生き生きと……ああ、初子にも見せてやりたかった」

帝がそんなことを口にすると、胸が詰まる。二条家の皆に愛されていたという初子さま。こんなに可愛い御子を残して、どんなにかご無念で……。

「ちちうえ?」

涙する父を初めて見たのだろう。常葉は不思議そうな顔をしていたが、やがて寄り添って父の額を撫で始めた。冠を被っているために、頭に触れられなかったからだろう。

「いーこ、いーこ、いっぱいないたら、すじゅめといっしょにわらってみしぇて」

常葉は父の額を撫で撫でして、にこにこしながら歌っていた。それはとても尊い光景だったのだが、葉月は内心、ひゃーっとなっていた。

「常葉……その歌は？」

「ときわがえーんって、ないたらね、はじゅきがね、よしよししてうたうの」

「そなたが歌ってくれているのか？　初めて聞くが、とても朕《ちん》の心に染みわたった。こんなに清らかで温かな歌があろうか。重彬、この歌をどこで覚えたのだ？」

「それは……私が、作ったので、ございます……」

恥ずかしすぎるが、嘘をついても仕方ない。蚊《か》の鳴くような声で答えると、帝は顔を輝かせた。

「素晴らしい！　詩歌にも優れていると聞いていたが、そのような才もあるとは。これは晴通にも話して聞かせねば」

「ご、ご容赦くださいませ！」

庭に帝の笑い声や常葉のはしゃぎ声があふれて賑やかだ。それぞれ立ち働いていた女房たちも、「まあ、楽しそうだこと」と目を細めるのだった。

常葉は活発になっただけでなく、外で花や草、虫や池の魚などにも興味を示している。

先日など、魚を触ろうとして池に身を乗り出しているところを葉月に発見され、叱られるということがあった。悪いことをした時は、かまわず叱ってほしいと帝に言われている。東宮さまをお叱りするなど……だが、やんちゃになった常葉には、叱らねばならない場面もしばしばだ。

（他者に迷惑をかけること、命の危険にかかわるようなこと）

それは葉月が引いた一線で、池にひとりで近づいてならないことは約束していた。責めるのではなく言い聞かせ、どうして約束が守れなかったのかと問うと、常葉は目に涙を溜めながら言うのだった。

「だって、おしゃかなきらきらして、きれいだったの」

「そうだったのですね。それは確かにきれいですね」

葉月は常葉の目線で答えた。

「なんで、きれいなの？」

「それは、おひさまの光が水の中のお魚のうろこに当たっていたからだと思います」

「うろこってなあに？」

さあ、来るぞ……なあに？　なんで？　の攻撃が。葉月は身構えた。

「お魚の衣《ころも》……みたいなものでしょうか」

「おしゃかなも、ころもをきるの？　おみずにぬれるのに？」

「……それは、お魚は水の中で暮らしているから、それでいい……のだと思います」

答えが苦しくなってきた。葉月は話題を転換すべく、約束の再確認を試みる。

「お魚のきれいな衣が見たくても、東宮さまが池に落ちたら大変なことになります。心《しん》の臓が止まってしまうかもしれないのですよ」

「しんの、ぞーってなあに？」

（うっ）

「心の臓とは、東宮さまの身体を動かす大切なものです。皆の身体の中にあるのですよ」

今度は上手く答えられたかな。だが、すぐに次の「なあに」もしくは「なんで」が飛んでくるのだった。

「なんで、しんの、ぞーがとまるの？」

常葉は真剣な顔だ。

「水の中では息ができないからですよ」

「おしゃかなは、みずのなかで、しんの、ぞーとまらないの？」

「それは、人と、お魚の心の臓が違うからで……」

「なんでちがうの？」

（うう……）

「東宮さま、それは葉月もわからないので、しっかりとお勉強しておきますね」

本当にそうだ。常葉の好奇心に答えられるようにもっと学ばねばと、真面目な葉月はお茶を濁すようなことをしない。以前、晴通が「おまえの答えもなかなかのものだな」と言ったほどだ。子どもの好奇心と向き合っていたら、きっと学者になれるに違いない。葉月の困り顔は優しく笑顔に変わり、常葉をぎゅっと抱きしめた。

「でも、もし東宮さまが池に落ちても、葉月がこの命に替えてもお助けします」

常葉はその意味がわかったのかどうなのか。だが、葉月の思いは伝わったようで、ぎゅっと抱きしめ返してくるのだった。

「うん、ときわのしんの、ぞーとまらないよ」

「止まりませんとも！」

止めませんとも！　――もし自分が命を落としたら、晴通は哀しむだろう。愛する人を哀しませたくない。できれば、ずっと一緒に生きていきたかった。だが、自分は帝や晴通が愛する常葉を、命がけで守ると決めたのだ。

（葉月はお役目をまっとうしたのだと思っていただけたなら――）

親鶏は、雛鳥を誇らしく思うだろうか。

葉月はそんなことを考えていた。

目が合ってもぎくしゃく感が増すばかり。話をしようにも、葉月の側にはいつも常葉がいる。そのためだろうか、やがて、晴通の足は葉月の前から遠のいていった。

宮中での勤めもあり、帝のもとへ頻繁に訪れている様子はある。帝は常葉の話も、そして自分の話もしているだろうが――。

(これでよかったんだ)

葉月は自分に言い聞かせていた。ちょうど先ほど、二条の右大臣と宮中で出会い、晴通の結婚話を聞いたばかりなのだ。

『なかなかその気になってくれなかったのだが、左大臣の姫が晴通でなければ結婚せぬと言い出したらしくてな』

『それは、ようございました』

そうなったら良いと思っていたくせに、激しい動揺を覚えながらも、自分でも信じられ

＊＊＊

ないくらいに、さらりと葉月は答えていた。

『いや、まだ確かに決まったわけではないが、もし無事に結婚が相成ったら、重彬も祝いの席に来てやってくれ。北の方も、静子も子どもたちも、そなたに会いたがっておる』

『はい、私も皆さまにお会いしとうございます』

それは本心だ。二条家の皆の顔が見たい。だが、それが晴通の結婚祝いの席になるかもしれないのだ。

『そなたが立派にお役目を果たしていることは、晴通やお上から聞いておる。よくがんばったな……そなたの父にも報告しておこう。身体に気をつけて今後も励《はげ》めよ』

『ありがとうございます』

優しい目をして右大臣は葉月を通り過ぎて行った。葉月も懐かしさを胸に、温かな後見人を見送る。これで、大恩ある二条家の皆を裏切らずに済むのだ。

――葉月が女性だったらよいと、そんなことを考えてしまって……。

一瞬、北の方の言葉が心をよぎって行ったが、葉月は気づかないふりをして、自分の部屋に入った。常葉はもう、くうくうと寝息を立てて夢の中だ。

（――これでいいんだ。良かったんだ）

晴通さまも一時の熱から目が冷めて、自分や二条家のことを考えられたのだろう。

今夜は眠れそうにない。だが、深く眠って頭をすっきりとさせたい。もちろん心も。夜着に着替えながらそんなことを思い、横になってどれくらい経った頃だろう。

「重彬さま、惟成にございます」

潜めた声が聞こえた。惟成？　葉月は勢いよく起き上がって妻戸を開けた。

惟成は葉月と離れてからも二条家に仕えている。会うのは久しぶりだ。だが、嬉しい反面、夜の闇に隠れるようにして……二条家で何かあったのだろうかと気が逸《はや》った。

「お懐かしい、はづ……じゃなくて重彬さま。お会いできて嬉しゅうございます」

惟成は今まで通り日に焼けて、元気そうだった。葉月はその手を握る。

「葉月でよい。私も会いたかった。変わりはないか？」

「はい。それよりもこれを」

懐から取り出したそれを、惟成は葉月に丁重に捧《ささ》げ渡す。紙で丁寧に包まれたこれは……文？

「晴通さまより託されました文でございます。どうか葉月に届けてほしいと」

葉月は震える手で文を受け取った。晴通さまから——？　抑えたはずの心が勝手に震え出す。

「直接渡したいが、受け取ってくれぬだろうから……と仰せでした」

晴通の伝言を聞き、心は正直に、晴通を避けている自分を責めてくる。

申しわけありません、晴通さま……だがこの時期に文などと、結婚の報告だろうか。

「では、私はこれで。三日後にまた参ります」

「それは返事を取りにくるということか、惟成……！」

だが惟成は何も言わず、また夜の闇に紛れていった。

聞いたことがある。

訳ありの相手の元へ忍んだり、文を届けるための、暗黙の了解でできた出入り口があり、忍び門と呼ばれているのだとか……惟成もそこを通って来たのだろうか。

辛い文でもいい。晴通さまの文字を読むことができるのなら。葉月は緊張で上手く動いてくれない指で、ぎこちなく文を広げた。

『俺の愛がおまえを苦しめているのなら、許して欲しい。だが俺は、おまえを愛することをやめられないのだ。天の川に隔《へだ》てられてもなお、愛を貫いた牽牛《けんぎゅう》のように。七夕の夜ならば、おまえは会ってくれるのだろうか。男のおまえは織姫ではないけれど』

（晴通さま……！）

熱烈な愛が込められた歌がしたためられている。自分を七夕の彦星、牽牛になぞらえ、だが、葉月は男だから織姫ではないと……。

葉月を女人の代わりとして考えているなど微塵もない、ただ葉月に会いたいという思いが紙からあふれ出て、呼吸と共に、葉月の心と身体に吸収されていく。

「うっ」

葉月はその場にうずくまった、下腹がずくん、ずくんと疼くのだ。まるで、ここに晴通の精を迎え入れるための、情男の子宮があるのだと知らしめるように。

(身体は正直だな……)

いくら言い聞かせても、身体は晴通を欲しがる。それは快楽を求めるものではなく、心に結びついている、身体の疼きが心も暴いてしまうのだ。

(んっ……)

自分から甘い匂いがしたかと思うと、晴通は自分でもわからないままに、情男の入り口を探っていた。つぷ、と指が入るが足りるわけもなく。こんなものではない、晴通さまはもっと……と、却って虚しさが募る。それなのに晴通を思って自分をもてあそぶことをやめられない。

「あ、ああ……」

指の付け根まで差し込んでも、到底奥に届くはずもなく、なかの粘膜がからみつくこともない。情の液も湧いてこない。

それなのに――。

「はるみち、さま……っ」

無理矢理呼び寄せた浅い極みが訪れて、わずかばかりの精が葉月の先端を湿らせた。肩で息をするくらいに消耗しているのに……葉月ははっきりと知った。自分のなかにある情男の路《みち》が、晴通のかたちを覚え込んでいることを。

――抱かれたい。

答えはそれだけだった。こんなにも抱かれたい。どれだけ距離を置こうとも、彼からの文ひとつだけで、淫らに求めてしまう自分がいるのだ。

(晴通さまが結婚されて、他の女性を抱かれるなどと……)

耐えがたさが襲ってくる。顔も知らない姫君に嫉妬《しっと》の炎が燃え上がる。

彼を拒絶するというのは、こうして自分をも痛めつけることになるのだ。出口のない迷路の中でぐるぐると……。

(こんなことをして、晴通さまを汚したくない)

それならば方法はひとつしかない。葉月は夜着を直し、文机に向かった。

『私たちに七夕は一生、巡ってこないでしょう。牽牛さまには織姫さまがいらっしゃるのです。けれど、それはすべて私のあずかり知らぬこと。私は天の川の向こうで生きていきます』


拒絶の返歌だった。愛しい人にこのような歌を突き返さねばならぬ辛さ……だがもう、自分が嫌われるしかないのだ。数日後、言った通りにやって来た惟成に、葉月は返歌を綴った文を渡した。

「もうこれでおしまいです、と晴通さまに伝えておくれ」

「でも、重彬さま！」

惟成の柔和な顔が苦しげに歪む。ああ、惟成を板挟みにしてしまったな……。葉月は惟成に笑いかけた。

「ごめんね。おまえまで巻き込んで……」

惟成は首を振る。そしてぐっと唇を噛みしめて、その場を立ち去って行った。

(こんなに失礼な文を返して、晴通さまはきっとお怒りになるだろう)

それでいいんだ——惟成を見送りに外に出ていた葉月は、夜空を見上げた。星のきれいな夜だった。

靄《もや》のような天の川。牽牛の彦星と、織姫の星はどれだろう。七夕はもうすぐだ。

晴通から返歌は来なかった。

これでいいのだと思っているはずなのに、落胆している自分もいる。そんな情けない自分を見せないようにと、笑顔で常葉に仕えていた葉月だったが、ある日ふと常葉が、その愛らしい顔をせいいっぱいに難しくして、葉月に訊ねてきた。ちょうど、笛を聴かせていて、曲が終わった時だった。

「はじゅき、おねつある？　おなかいたい？」

「いえ、そんなことはありませぬが……」

突然の問いに少々面《めん》くらいながら答えると、

「ううん」

常葉は唇を引き結んで首を振った。

「はじゅき、おかおなきそう」

幼い常葉にとっては、辛かったり苦しかったりというのは、熱があったり、腹痛だったりと同じことなのだ。つまり、それだけ苦しそうだということが言いたいのだ。

葉月は子どもの曇りない目に内心どきりとしたが、常葉に気遣われたことが嬉しくて、思わず彼を抱きしめていた。

「ありがとうございます。東宮さま。はい。少しばかりここが痛かったのでございます」

葉月は自分の胸の辺りを指す。痛いのは心だ。そこに心があるのかどうかはわからないけれど。常葉は、大変だ！　という顔を見せた。

「ねんねしゅる？」

「いいえ、今、東宮さまをぎゅっとさせていただいたら、治りました」

ああ、なんて優しいお方なのだろう。この方の優しさは、お上と、晴通さまの姉上である、亡き母上から受け継いだものなのだ。

「いかがしたか、重彬」

「お上！」

ちょうど帝のことを考えていたら、奥から本人が現れたので、葉月は息が止まるほどに驚いた。

「ちちうえ！」

喜んで飛びついてくる常葉を抱き上げながら、帝は穏やかに続ける。

「奥で漏れ聞こえてくるそなたの笛の音に聴き入っていたのだが、いつもより音色が寂しげな気がしてな……まるで泣いているような。それで、様子を見に来てしまったのだ」

親子して同じことを……葉月は二人の心にひれ伏す思いだった。

「お恥ずかしゅうございます。泣きそうな音とは……ご心配をおかけして申しわけありません」

葉月が深く頭を下げると、帝は「そなたが謝ることではないだろう」と葉月を優しく諭した。常葉も帝に真面目な顔で問う。

「はじゅき、ねんね？　おくすりのむ？」

常葉は葉月を寝かせたくてたまらないようだ。その心配顔に、帝は愛しげに手を触れる。

「いや、その必要はなさそうであるが」

そしてにこやかな顔で葉月を見た。

「常葉はそなたを看病したいのやもしれぬな」

「東宮さまにそのようなこと……！　ですが、お気持ちがとても嬉しゅうございます。東宮さま、葉月は大丈夫でございますよ」

先ほどその無垢な瞳に、心が痛いと白状してしまったのだが……。だが、常葉は父の言葉にすっかり安心したようだった。

「時に、重彬」

帝は穏やかな中にも真摯なまなざしで葉月を捉えた。

「そなた、晴通と何かあったのか？」

思いもしない問いかけに、葉月は一瞬、言葉を失った。帝は静かな口調で続ける。

「いや、晴通の様子がここ何日かおかしいのでな」

「……おかしい、とはどのようなご様子なのですか？」

葉月はおそるおそる訊ねる。答えを聞くのが怖かったが――。帝はふっとため息をついた。

「取りつかれたように仕事をしておるのだ。元々、頭の回転も早く、仕事熱心な男ではあるが、このような没頭《ぼっとう》ぶりは朕も初めて見る。食もまともにとらず、ほとんど寝ておらぬと聞く。まるで、何かから逃げておるような……」

帝の眉根が険しくなる。心から晴通を心配していることが伝わってくる。

晴通さま、そんな――。

動揺を押し隠し、葉月はおずおずと口にする。帝に問うてよいようなことではないと思いながら。

「何故、晴通さまのことを私に訊ねられるのですか？」

常葉が独楽の入った箱を持ってきた。父に見せたいのだろう。帝は常葉に渡されたそれを手のひらの上に乗せて、転がしている。

「何故……何故なのだろうな。晴通の姿といい、重彬の笛の音といい……朕は、そなたたちが何か深いもので結ばれているような気がしてならぬのだ。二人で苦しみを共有しているような感じがしてな」

お上はやはり、私たちのことを気づいておられる？　葉月は答えることができなかった。いや、私たちが情の関係にあるとか、そういうことではないだろう。ただ私が兄のように晴通さまを慕っていると……懸命に、葉月は自分に言い聞かせていた。

だが、もし、私たちがそのような関係をもってしまったことを知られたら？

友も同然の大切な臣下であり義弟でもある晴通さまと、東宮の世話係として取り立ててくださった私とが、男女のような関係にあることを。

「あの、お上……」

「いや、よいのだ。心を揺さぶるようなことを言ってしまった。だが朕は、どのような事態になろうとも、そなたたちの味方であることを覚えていてほしい」

ありがたくて涙があふれた。恐れ多すぎるけれど、お上がそのように思ってくださるということに、葉月は感動せずにいられなかった。

「ありがとうございます……」

「うむ」

言葉はそれだけで十分だった。帝は、手のひらの独楽をくるっと回す。常葉から「ちちうえ、じょうず！」と歓声が上がった。

「それにしてもこれは見事な独楽だな。朕も幼い頃に戻って遊びたくなってしまう。そなたが作ったのか？」

「はい、私の従者に教わりながら作ったものにございます」

「まことに、重彬は笛も箏も書も見事だが、手先も器用なのだな」

「ちちうえ、もういっかい！」

帝は常葉と共に、ひととき、独楽あそびを楽しんだ。親子の温かな様子を、葉月は静かに見守っていた。

そなたたちの味方——帝に言葉を賜ったことで心は落ちついてきていたが、やはり晴通のことが心配だった。

晴通さまの様子をなんとかして、もっと知ることはできないだろうか……。

常葉が昼寝をしている間、女房に頼んで、葉月は宮中を歩いてみた。

だが、常葉と自分の部屋以外はほとんど知らないのだ。この宮中のどこかで晴通も勤めているのだが、それが本当なのだろうかと思えるほどだった。

それなのにこうして宮中を歩いているのは、ひと目、晴通の姿をそっと見られないだろうかということと、二条家で出会ったことのある、晴通の友人たちに出会えないだろうかということだった。もし出会えたなら、彼の最近の様子を聞けないだろうかと……。

ところが葉月が出会ったのは、この世で最も会いたくない男だった。

「おまえ、どうしてこんなところに出入りしているのだ？」

かつて葉月を手篭めにしようとした男、二条広長。その問いは、こちらが聞きたかった。

風雅人を気取って、ふらふらと遊び歩いているのではなかったのか？　彼は派手な直衣ではなく、黒い袍《ほう》を着ていた。まさか宮中に出仕したのだろうか。

葉月が固まってしまい、答えられないでいると、広長はふふんと意味ありげに笑った。

「ふん、どうせ、あれから晴通に身も心も気に入られて、宮廷にも出入りできるようになったってところだろう？」

その下劣《げれつ》でいやらしい言い方に、葉月は身の毛がよだつ思いがした。

「確かに、晴通さまにはお世話になりました。ですが、そのような仰りようは晴通さまを貶めることに他なりません」

広長に葉月の声など届かなかった。あごひげを擦りながら、もったいぶって訊ねる。

「ほう……ではおまえは今、宮中で何をしているのだ？」

「私は今、東宮さまのお側付きとしてお仕え申し上げております」

「東宮の？」

葉月は毅然《きぜん》と答え、広長もこれには驚いたようだった。片方の眉をつり上げ、葉月を見据えている。

「お上はおまえが情男だとご存じないのか？　まさか、穢《けが》れた情男に、大切な東宮の世話をさせるなど」

「いいえ、お上は私の性をご存じです。その上で召し抱えていただきました」

「晴通の世話係の間違いではないのか？　もちろん身体のな」

清浄なる宮中で、なんということを……！

それは自分がやろうとしたことではないか。彼がいなくなってくれないのならば、一刻も早く彼の前から去りたくて、葉月は広長をきっ、と見上げた。

「これ以上、あなたさまに申し上げることはございません」

「言うようになったではないか。氏原の家で苛められて、誰にも逆らえずにビイビイ泣いていた、みずら頭の小僧《こぞう》だったくせに」

「失礼いたします」

　葉月は広長の横をすり抜けるようにして通り過ぎようとした。その背を、広長の声が追いかけてくる。

「これだけは覚えておけ。昔から、俺はこの世の誰よりも晴通が嫌いなのだ。あやつに連なる者すべてもな。生きていようが死んでいようが、一生恨み続けてやる」

　心の耳を塞ぎ、葉月は広長の声を振り払おうとした。だが、邪悪な念が籠もったその声は、葉月にまとわりついてくる。

　――晴通が嫌いなのだ。あやつに連なる者すべてもな。生きていようが死んでいようが？

　最後の言葉の意味がわからない。葉月は宮中を歩くことをやめて、常葉のところへ戻った。

　常葉は、気持ちよさそうに寝息をたてている。その姿を見て癒やされると共に、葉月は改めて心配に襲われた。

（晴通さまは体調にお変わりないだろうか）

不安で身震いする。広長は、晴通に呪詛をしかけてくるのでは――。

五

雨の季節から少しずつ暑くなり、庭の紫陽花《あじさい》の色も褪《あ》せ始めている。

七夕の夜には雨が降った。牽牛は天の川を渡ることができなかっただろう。

「ひこぼし、おりひめとあえない？」

常葉は、夕方から続く雨に心を痛めていた。七夕の物語を読み聞かせてからというもの、その日が晴れて二人が出会えますようにと一生懸命にお願いしていたのだ。

「そうですね……」

いじらしい常葉に答えながら、葉月も心沈んでいた。自分から、私は織姫ではない、七夕の逢瀬《おうせ》などあずかり知らぬことと晴通を突き放したくせに。

（人の心ってややこしいな。それとも、こんなのは私だけなのだろうか）

「ちゅぎは、あえますように」

早くも来年を思い、祈る常葉に心を打たれる。

（本当に、なんと澄んだ心をお持ちなのだろう。このお心が闇に汚されることのないよう、お守りしなければ）

その常葉は、ここ数日、コンコンと咳き込んでいる。季節の変わり目に風邪をひいたのだろうか。葉月は室内で静かな遊びに誘い、こまめに衣を調節するなどしていたが、一向に治まらないので、ついに薬を飲むことになった。

「おくすり、いやー」

常葉は、薬湯《やくとう》を断固拒否する。

「また元気にお外で遊べるように飲みましょうね」

優しく諭しながら、葉月は根気よく薬湯を飲ませた。

甘味を混ぜてごまかして……というのでは意味がない。これは身体を良くする薬なのだとわかって飲まなければ。

未来の帝を世話する身として、葉月はそういうところは常葉を甘やかさなかった。常葉もそれがよくわかっている。嫌々ながらも薬湯は常葉の身体を下っていった。だが薬は効くどころか、常葉は発熱するようになってしまったのだ。

今すぐ生死に関わるような高熱ではなかった——が、常葉は何日もぐったりと床に伏したままだった。

低い熱でも、何日も続けば体力を消耗する。そのせいか、薬を嫌がるのはいつものこととはいえ、粥《かゆ》や果物も欲しがらない。大好きな、甘い蜜をかけた削り氷も口にしようとしないのだ。

以前、これくらいの熱を出した時とは明らかに違う。葉月は献身的に看病していたが、不安は膨らむばかりだった。

「常葉……」

帝が、横たわっている常葉の顔を見下ろす。

「ちちうえ、ときわ、はやく、あしょびたい……」

「ああ、ああ、そうだな……」

帝の命で祈祷《きとう》の者が増員されたと聞いている。帝の心痛はいかばかりか――。その心を思うと、葉月の胸は引き絞られるようで、何もできない自分の無力さを呪った。

(私には、ただお側にいることだけしか……)

細くなってしまった息子の手を握り、帝は涙を零す。

「お上、父君がそのように不安を見せられては、東宮さまは心細くなってしまいます。酷なことを申し上げるようですが、どうか……」

常葉の病床には晴通もいた。もちろん、この場にいるのは限られた者だけだ。

葉月は久々に晴通と顔を合わせたわけだが、思いは多々あれど、今は自分のことは二の次だ。晴通もそのことはよくわかっている。大切な常葉を思い、帝を案じて、支えとなるためにここにいるのだった。

二人はただ、礼をし合っただけで言葉を交わすこともなかったが、帝は、葉月がほぼ睡眠も取らず常葉についていることを晴通に語った。

「誰かに代わらせるからと言っても、重彬は聞かぬのだ……。常葉も重彬からの手からしか、薬や食べ物を取ろうとしない。だが、このままでは重彬も参ってしまう。晴通からも休むように言ってはくれぬか」

「重彬は、東宮さまを自分の命とも思っております。ですが、重彬が倒れては元も子もないこと……」

晴通は帝の願いを受け、常葉が眠った折を見て、葉月の肩に手を触れた。

「重彬……いや、葉月」

葉月と呼ばれ、晴通の手の温もりを感じて、一気に張り詰めた糸が切れそうになる。だが、葉月は抗った。

「いやです……私は東宮さまの元を離れませぬ」

「これは帝のご命令だ。少し休養を取れ」

晴通の声は温かだった。だからこそ、この温もりに溶かされてしまってはならない。

「ご容赦ください。私は東宮さまが闇に攫《さら》われぬように見張っているのです」

語気強く、葉月は言い放った。無垢なゆえに闇に連れ去られぬよう……葉月は晴通を見据えた。

広長に呪詛されるのでは……と案じていた晴通は、変わらず元気そうだった。そのことには安堵しつつ、葉月は常葉の枕元から離れるまいと、視線を晴通から常葉へと戻した。

「闇とはなんだ？」

怖いほどに晴通のまなじりがきつく上がっている。だが、葉月はきっぱりと首を振った。

「そのようなこと、常葉さまのお側でお話できません」

「では、場所を移そう」

晴通は葉月の腕を引っ張って立ち上がらせた。強引とも言える所作だった。

「おやめください。私は……！」

「朕がついている」

抗う葉月に、帝が告げた。

「そのような！　帝がご看病のようなことをなさるなど、ありえませぬ」

諌《いさ》めようとした側近に、帝は静かに、だが誰もがひれ伏さんばかりの威厳をもって答えた。

「親が病床の我が子に寄り添うのだ。当たり前のことではないか」

そして、葉月に言い聞かせる。

「重彬、そなたにも休養が必要だ。長丁場《ながちょうば》になるならなおさらのこと。少し身体を休めるがよい」

「承知……いたしました」

帝にそこまで言われては抗うことなどできない。葉月は後ろ髪を引かれる思いで、晴通に連れられて常葉の部屋を出た。

連れて行かれたのは、屏風に囲まれた小さな部屋だった。晴通は葉月を座らせ、白湯《さゆ》を運ばせた。

狭い空間に二人きり……だが、危うい雰囲気にはならない。座る時に、睡眠不足のために足がよろけて晴通に抱き留められたが、晴通もそれ以上触れてこようとはしなかった。本当に久しぶりに顔を合わせたのだが、自分だけでなく晴通もまた、常葉のことで頭がいっぱいなのだと葉月は思った。

（その方がいい。これが、あるべき私たちの姿……）

白湯を口にしたら、ほっと心が温まった。身体の中も、どれほど冷えていたのかを葉月は思い知る。

「さっきおまえが言っていた、闇とはなんだ？」

葉月がひと息ついたのを待って、晴通は先ほどの問いを繰り返した。

これまで、誰にも言わなかった懸念……言葉にすればそれは言霊《ことだま》となって現実になってしまうことを怖れてきた。それなのに。

(大丈夫だ。きっと晴通さまはその一端を担《にな》ってくださる。言霊となっても打ち負かしてくださる)

そう思えてならなかった。それに、重過ぎる荷物を一緒にもってもらえるならば嬉しい。晴通ならば尚のことだ。

「怖れながら、私は東宮さまに一抹の闇を感じてならないのです」

真摯な晴通の目には、不吉なことを言うなと諫めるような表情は欠片《かけら》もなかった。そのことに安堵している自分がいる。重い荷物は既に、晴通も担ってくれたのだと感じた。

「純粋無垢であるが故に、光には翳が生じます。東宮さまは、その翳が濃い……そして私はその翳が、お母上がみまかられたことと関係があるような気がしてならないのです」

「中宮さまの死……」

晴通はひとりごとのように呟く。

実の姉といっても、入内して帝の妻となり、寵愛《ちょうあい》を受けた初子は宮中の女性の最高位ともいえる中宮の位を授けられた身。軽々しく姉上とは言えない立場にあった。

当の初子は常葉を産んでまもなく亡くなってしまったが、未だ桜雅帝は他の妻を迎える事はなく、中宮の座は空位のままだ。

「実は俺も、おまえと同様に感じていた。おまえのように上手くは言えないが……だからその闇を浄化できるようにと、純粋なおまえを仕えさせたのだ」

「はい、晴通さまはそのように仰いました。それゆえ、私は東宮さまを連れ込もうとする闇があるならば、全身全霊をもって、その闇を浄化することを心に決めております」

「葉月……」

晴通の表情は哀しいものにかわる。思案する顔ではない。胸が痛むほどに哀しげな顔なのだ。

「実は、東宮は何者かに呪詛されているのではないかという情報を掴んでいる。死に至らしめるようなものではないが、ただ幼い命をもてあそぶような、質の悪い呪詛だと陰陽師《おんみょうじ》も申していた」

「では、その陰陽師さまに、呪詛している者を突き止めていただくことはできないのですか?」

葉月は前のめりになっていた。

「情報を得た時から、それはやっている。だが、呪詛を行っているのは陰陽師ではないというのだ。同類であれば所在を掴めるのに、その気配がないと……」

「そんな……。では、呪う者はわからないということですか？」

「そうだ。それでも諦めることなどせぬ。今もまだ、祈祷や占いは続けている。問題は、なぜ東宮さまを狙ったのかということだ。次の帝を亡き者として、この二条家に取って変わりたいという者は少なからずいる。だが、そうならば、こうしていたぶり続けているのはおかしい。速やかに手を下せばよいだけのこと」

晴通の哀しい表情は変わらなかった。政敵の話をしているというのに——怒りで唇を震わせている葉月に、晴通は静かに問う。

「政敵を蹴落とすための呪詛でないなら理由はひとつ。わかるか？　葉月」

葉月は神妙な顔で首を横に振った。

「私怨《しえん》だ」

「そんな……！　いたいけな幼子が誰の恨みを買うというのです？」

葉月は晴通の袖を掴んだ。触れてはならぬと自分を律していたことも頭から飛んでいた。

「東宮さまが苦しむことで、我が身のように苦しむ者がいる。その様を見て憂《う》さを晴らしているのだ。たとえば、お上や俺、そしておまえもだ」

目を瞠った葉月に、さらに晴通は続けた。

「氏原家はもう調べてある。かの家はおまえが出世を遂げたことを羨むことはあっても、そのために東宮に手を伸ばすような大それたことはできぬ」

葉月はすっと立ち上がった。先ほどまでの疲れややつれはどこへやら、そこには凜と佇《たたず》む美しい若者の姿があった。

「心あたりがございます」

――俺は、この世の何よりも晴通が嫌いなのだ。

広長の声が蘇り、心の中で反響する。最初は、晴通を呪詛しているのではないかと懸念したが――。

なんと卑怯なやり方。晴通さまを苦しめるために、周囲の者を苦しめるために、いたいけな幼子を使うなど……。

「お力のある陰陽師さまが力を尽くされても、ことが良くならないということは、呪詛を行っている者の、おぞましいほどの憎しみがあるのでしょう」

「葉月……やめろ！」

あることを決意した美しい横顔に魅せられながらも、晴通は哀しい目のままで、立ち上がった葉月を後ろから抱きしめた。

「おまえが東宮さまの身代わりになるつもりだということはわかっている。だが、呪詛を受けたら命の保証はない。身代わりとなった者には、より邪悪な呪いがぶつけられるのだぞ！」

「お離しください。晴通さま」

ああ、なんという温かい胸だろう、このまま身を投じてしまえたら……！

「元より承知でございます。そして、私は東宮さまだけでなく、これであなたを守ることができる……」

「なんだって？　俺がなんだというのだ。おまえを守るのは俺だ！」

「とある者が、あなたさまを苦しめようとしています」

葉月は、努めて平静に晴通に伝える。だが、却ってこの身体の内から湧き起こる、熱い力はなんだろう。

「俺を苦しめるために、何者かが東宮さまを呪詛しているというのか？　ならばその者を倒せばよい。それは誰なのだ。答えてくれ葉月……！」

「あくまでも、私の憶測《おくそく》に過ぎませんからそれは言えません」

「は、づき……」

葉月の身体は熱く燃えさかるようだった。力が漲《みなぎ》り、いつもなら振りほどけない晴通の腕を難なく外すことができた。もちろん、発情の時とは違う熱だ。だが、いずれにしても情男はきっと、愛する者を思うがために身体が熱くなるのだ……。

（ああ、そうか）

葉月は思った。最後にわかってよかったと、微笑みさえ浮かべる。情の姫たちと同じく孕める身でありながら蔑まれ、情男はなんのために生きているのか。

尚も引き留めようとする晴通の腕を交わして、葉月はその手にくちづけた。甘い匂いが漂い、晴通は懐かしいその匂いに溺れそうになる。

「愛しています。晴通さま。できるものならあなたさまと共に生きていきたかった。でも、こうするのが最もよいのです。見ていてください。これが、情男の愛です」

「葉月！　待て！」

甘い匂いの誘惑に打ち勝ち、我を取り戻した晴通は、屏風をすり抜け、御簾をくぐる葉月を必死で追った。だが匂いのために、まだ足元がおぼつかない。

「俺の思いはどうなる？」

晴通は声を限りに叫んだ。

「俺を置いて、ひとりで行くな！」

妻戸を出た葉月は、簀子《すのこ》の廊下から、夜の闇に向かい、ひらりと舞い上がった。

「その呪い、すべてこの私にぶつけるがよい！　この私が受けてみせよう！」

舞い上がり、地面に着地する刹那《せつな》、叫んだ葉月の身体は硬直した。まるで石の置物のように、固い音を立ててその場に倒れ込んでしまう。

「葉月！」

庭に飛び下りた晴通は葉月の固い身体を抱き起こして、血の通わない冷たい唇に何度もくちづけた。


「はじゅき、おめめあけてよう……」

小さな身体が、我が身を揺さぶる。途切れそうな呼吸と朦朧とする意識の中で、葉月は思った。

（ああ、東宮さま、回復されたのだ……よか、った……）

葉月が弱々しく持ち上げた手のひらを、もみじのような手がぎゅっと掴む。生命力ある手だ。今、落ちたのは涙――？

（なか、ないで……東宮、さま……）

「はじゅきがなんかいった！」

何人かが、自分の側にさっと集まった気配がする。

「葉月、皆、おまえの側にいるぞ。お上も、東宮さまも、父上も母上もだ。惟成もそこに控えている。俺もだ。皆、おまえを思っている。呪詛などに負けるな。戻ってこい……！」

（晴通さまだ……。今、葉月と……汗を、拭ってくださっている……？　ご無事そうで、よかった）

そして、お上の前なのに俺だなどと言って……。

ふうっと、葉月は息を吐いた。葉月が何らかの反応を示すたびに、皆の張り詰めた心が痛いほどに伝わってくる。特に、心に流れ込んでくる熱いこれは、晴通のものだ。

（私は、多くの方々に愛されていたんだな……）

自分は、蔑まれて、馬鹿にされて、ただ生きているだけの存在だと思っていた。そんな自分でも誰かの役にたてたらいいと……。晴通に出会ってから世界は明るく拓けた。心優しい人々を知り、愛らしい未来の帝に仕える栄誉を賜った。そして、身を焦がすほどの恋も知った。

（晴通さま……もう一度、抱きしめていただきたかった）

心にその名を思い浮かべたら、何者かに吸い込まれるように眠りへと引きずり込まれる。嫌だ、眠りたくない。皆の声を聞き、こうして気配を感じていたい。

（東宮さまのために、死んでもいいと思っていたのに……）

大切な常葉のために命を落とすならば本望だ。しかも、晴通への恋情も劣情も断ち切ることができる。私は、晴通さまを解放してさし上げられる。そう思っていた。だが、それはなんという思い上がりだったことだろう。

自分が儚《はかな》くなれば、それは晴通も、常葉も、皆を哀しませ、苦しませることになるのだ。

「……っ！」

眠りに落ちることを抗ったせいか。葉月の思考を断ち切るように、身体全体が軋《きし》む。大きな手でひねり潰されるような痛みだ。身体が知らずのたうってしまう。

「葉月！」

晴通の悲痛な叫びと被って、帝が静かに「常葉を別室へ」と命じている。

「さあ、東宮さま、あちらで待っていましょうね」

だが常葉は、祖母である二条の北の方の手を振り払う。

「いや！　ときわ、いかない！」

葉月の苦しみをこれ以上、常葉に見せることは惨《むご》いと感じたのだろう。帝は優しく、だが毅然と言い聞かせた。

「常葉はあちらの部屋で重彬のために祈っていておくれ。父たちはここで話し合いをせねばならぬのだ」

「はい……」

いつも優しい父であれど、常葉は従わねばならない時があることを知っていた。二条の北の方に連れられて常葉が部屋を出ると、帝は哀しげに目を伏せた。

「いけないことはいけないと、節度をもって接してくれと常に重彬に頼んでいた。東宮を叱るなど怖れ多いと、できぬ者が多かった中で、重彬は愛情をもちながら、諫めるところは諫め、常葉に寄り添ってくれたのだ……。重彬、常葉を任せられるのはそなただけなのだ！」

常に静謐《せいひつ》な帝が口調を荒げている。その口調のまま、帝は晴通に問うた。

「呪詛の犯人は、まだわからぬのか？　明らかに、常葉に対しての呪詛よりも邪悪さが増しておる」

「はい、都中の陰陽師に命じ、思いつく限りを当たっておりまするが……今のところは皆目……。氏原家は白でございました。となると、これまで重彬とかかわりのある者が少なすぎるのです」

「常葉の世話係として、朕が一足飛びに重彬を取り立てたことに不満をもつ者がいるのでは」

「それでは、恐れながら、最初に東宮さまを狙った意味が成り立たぬのではないでしょうか」

右大臣の言葉に、帝は「そうであるな」と呟やき、右大臣は腰を上げた。

「私は再度、陰陽師のところへ行って参ります。晴通、おまえはこのままお上のお側で重彬を見守っておれ」

「はい、父上」

（右大臣どの、私のために奔走《ほんそう》してくださっているんだ……）

元服の名付け親――この方にも私は恩返しをせねば……葉月は浅い意識の中で思う。そして部屋には、晴通と帝、二人が残された。

「東宮さまと重彬、二人に恨みを持つ者がいると……」

葉月を見つめたまま、晴通は思案する。

晴通の声を聞くたびに、痛みの中で葉月の心がふわっと軽くなる。だが次の刹那、倍以上の苦しみが襲ってくるのだ。今度は、心臓を鷲《わし》づかみにされたような痛みだった。呼吸が苦しくなる。

「うう、……っ、うっ」

葉月は喉《のど》をかきむしった。苦しくてそうせずにいられないのだ。

「……っ、う……っ」

「息ができぬのか？」

帝の悲痛な声に続き、葉月は急に、晴通の気配が近くなったのを感じた。

「ご免」

（はる、みち、さま……）

晴通の唇を通して、温かな呼気が葉月の中に流し込まれる。ああ、晴通さまの唇だ……。注《そそ》ぎ込まれた息を、葉月はひゅうっと吸い込む。狭められた気の路が一瞬広がり、呼気は肺へと流れ込んだ。

少し間を置いてもう一度。晴通は葉月と唇を合わせ、呼気を注ぎ込んでくれた。こうして晴通さまの唇をまた感じることができるなんて……だが、葉月の心には不安があった。

「わた、しに、ふれたら……あなたさま、まで、のろい、を……」

「かまうものか。それに、もしそうなっても、俺は呪詛などに屈したりせぬ。おまえを救い、俺も生きる。私たちは幸せになるのだ」

「晴通……」

帝の声は、晴通にも、葉月にも語りかけるようだった。

「そうだ。朕は初子を救えなかった。そなたは必ず重彬を助けるのだ」

「御意」

ああ、晴通さまはお上の前でくちづけてくださったのだ。それに、お上は何を仰っているのだろう……それではやはり、私たちのことをすべてご存じのような。

晴通さま、私は、私は——。

(私は間違っていた……こんなに愛してくださる晴通さまを信じることもせず。生きながらえたなら今度こそ……いや、生きながらえるのだ。還《かえ》るのだ。愛する人の元へ、私を、大切に……思ってくださる方々の、元へ……)

晴通に命を吹き込まれ、真の愛に気づいた葉月への呪いの力が、確かに弱まるのを葉月は感じていた。

私はもう迷わない。心を決めた葉月は安堵して、苦しみではなく、心身を癒やす眠りの方へといざなわれていく。深い眠りへと落ちる前に、葉月はうつらうつらとまどろみながら、晴通と帝の会話を聞いていた。

「眠ったか……」

「はい、この穏やかな表情、もしや呪詛を遠ざけられたのかもしれませぬ。まだまだ、油断はできませぬが」

「……似ている」

「お上、今なんと？」

「苦しむ様子が、初子の時と似ている気がしてならぬのだ。術者が未熟なのか、時折、生きようとする力が呪詛に打ち勝つ。心のありようが、初子と重彬は似ているのやも知れぬが」

「中宮さま……」

晴通は呟き、しばらくの間があった。そして、晴通は、はっと表情を変える。

「お上……私どもは、最初に立ち戻ることを忘れていたのではないでしょうか」

「最初？」

帝は訝《いぶか》しげに訊ね返す。

「初子姉上……中宮さまは何者かによる呪詛で命を落としました。そして今回、東宮さまも呪いを受けました。そして重彬が身代わりとなり……。今、お上は、中宮さまの時と似ていると仰いました。中宮さま、東宮さま、そして重彬。私は、これが偶然とは思えないのです」

（どうしたの、だろう、晴通さま……初子さまが、どう、したのだろう……。だめだ、もう、眠くて……）

葉月は限界だった。温かくて優しい眠りに落ちていく……。そのあとも、二人の会話は続いていたのだが。

「確かに……身代わりの者への呪詛はより強くなるというが、これは常軌を逸《いっ》しておる。まるで、重彬にも恨みがあるような……」

帝も考え込む。そして、さっと扇の先を向け、晴通に命じた。

「二条晴通、初子の入内から事を洗い直すのだ。さすれば、糸口が掴めるやもしれぬ」

「はっ」

晴通は帝に深く礼をした。

——助けてやるからな。俺が必ず助けてやる。

眠る葉月の頭には、ぼんやりと靄がかかったようだった。今は呪詛の力が弱っているのか穏やかだが、また力が盛り返せば、まさに吹きすさぶ嵐のようになる。

その靄の中で、晴通の声なき声が聞こえるのだった。葉月の意識に、直接語りかけてくるような。

ふと、靄の中に二人の男女の姿が浮かび上がってくる。

顔はわからない。声も聞こえない。だが、晴通でもなく、帝でもない。女性は、美しい髪が流れる後ろ姿だ。葉月はその女性を本当は知っているような気がしてならなかった。

男は、女に激しく詰め寄って……いや、言い寄っている。だが、女は男を拒絶し続けていた。

(教えてください。あなたは、誰なのですか?)

顔も見えないのに、葉月は女が哀しげに微笑んだのがわかった。だが、やがて女は消え、男の怒りが激しく昂《たか》ぶってくるのがわかった。穏やかだった靄の世界が、吹きすさぶ嵐の世界に変わる――そして、葉月は急激に胸が苦しくなっていくのを感じた。

――またもや、またしても……!

晴通ではない声が、葉月の意識を直接攻撃してくる。

――苦しめてやる。おまえたちの大切なものをまた奪ってやる。

(やめて!)

――初子は死んだ。そして常葉《はぶ》を呪っていたら、これはどうだ? おまえが突然飛び込んできたのだ。これで、手間が省けたというもの……!

くっくっと笑いながら、男の手が葉月の首に伸びる。ぐっと締められた刹那、葉月はその顔を見た。

あなたは……あなたは……、

(二条……広長、さま……)

「葉月!」

頭の中で晴通の声が響く。その瞬間に葉月の首を絞めていた男はすっと消えた。葉月は深く息を吸い、命がつながった事を知る。

今まで見ていたものはなんなのか。夢だったのだろうか……。まだ意識は保てているが、身体が次第に熱くなってきた。熱が上がってきたのだ。

「昨日、あれからは落ちついておったのに……また、このように苦しんで……」

(お上に、そのようなお顔をさせて、申しわけ、ありませ……そして晴通さまも——)

「陰陽師が言うには、とっくに命が潰《つい》えていてもおかしくはないと……よほどの精神力で呪詛と戦っているのでしょう」

晴通の声には、落胆や苛立ちや、そして葉月を思う優しさなど、様々な感情がないまぜになっていた。いつも明朗で一本筋の通った晴通は、このような感情を見せたことはない。

「はじゅき、おてておつい」

(東宮、さま……)

そっと触れる常葉の手がひんやりと感じる。二条の北の方の啜《すす》り泣く声が答えている。

「そうなのです。呼吸が穏やかになったと思えば、今度は熱が……本当にこれくらいのことしかできない自分が恨めしゅうございます」

冷たい布が額に当てられる。手ずから布を絞ってくれたのは北の方なのだろうか……。

火で炙《あぶ》られるかのような熱だが、幼い頃、母にしてもらったことを思い出し、つーっと涙が頬を伝った。二条の北の方は、自分にとって母のような存在だったと愛おしくなった。

そうして皆が見守る中、次第に熱は葉月の身体も心も侵食していった。こんなに身体が熱いのに、爪先から悪寒《おかん》が駆け上がってくる。葉月の身体は痙攣《けいれん》し始めた。もう、心を保つことも難しくなっていた。

(あっ、ああ……)

ガタガタと震える葉月を、これ以上幼子に見せられないと、もしまた、呪いが東宮に及んではならないと、二条の北の方と常葉はその場を離れた。朦朧とした葉月の頭の中で、

「いやー」「おそばにいるの！」と常葉が抵抗する声が響く。だが、感情が追いついていかない。自分が今、熱いのか寒いのかもわからなくなっていくのを、葉月は成す術もなく受け入れていた。

「葉月……」

人形のようになってしまった自分を、晴通が抱き起こしたのを葉月は感じた。こんなにも魂が虚ろになっているというのに、晴通に触れられたことはわかるのだ。

（あいしている、から……）

もう手も足も動かない身体を、晴通は強く抱きしめてくれた。

「お上……もう一度、中宮さま——ここは姉上と呼ぶのをお許しください。もう一度姉上の入内に立ち戻り、我が従兄弟の広長が姉上に懸想していたところまで辿りついたというのに、やつは行方知れず。私は悔しくて、情けなくて仕方ないのです。あの者は、葉月を自分の劣情の道具にしようとしていたというのに……」

「その時に葉月を助けたのがそなたであったと……」

「広長はきっと、葉月や私を憎んでいるに違いないのです。広長は常日頃から私を疎ましく思っておりました。これだけ条件が揃っていたというのに！」

（ひろ、なが……）

葉月の脳裏にふっと浮かぶその名前。誰だったかさえもわからぬのに、その名だけが宙に浮かんでいる。

「お上、どうか私を広長の捜索に加えてくださいませ！　そして私の刃で彼を亡き者にすることをお許しくださいませ……！　そうすれば呪詛も解け、葉月は目覚めるやもしれませぬ！」

「荒ぶるな、晴通」

晴通を制する帝の声は厳しかった。

「それはならぬと申したであろう。そなたは重彬の側にいてやらねばならぬ。それに、彼の悪しき噂は朕の耳にも届いておる。そのような輩《やから》のためにそなたの剣《つるぎ》を汚すことなどない」

「お上……後生《ごしょう》でございます」

（ひろ、なが……だれ……）

――晴通を止めなさい。もう離れてはだめ。愛しているならできるはず。さあ、自分を信じて。

女性の声が頭に入り込んでくる。……なに？　……だれ？　わからないのに、葉月の動かなかった右腕が、晴通の袖を掴んだ。

（いか、ないで……、にどと、はなれたくない……）

彼の袖を掴み、葉月は思った。女性は、優しく微笑んでいる。

——そう、あなたならできる。私にはできなかったことも。

晴通が握り返した手首は冷たかった。だが、まだ脈はある。

「重彬も、行くなと申しておるではないか」

「葉月、意識が……？」

帝は悠然と微笑み、そして諭すように晴通に告げた。

「二条広長と亡き中宮、そして重彬の接点は明らかになった。広長が亡き中宮に拒絶されたことを恨んで中宮を呪い殺し、そして常葉にも逆恨みが及んだのかもしれぬ。だが、それはすべて憶測でしかないのだ。そして、重彬が望んで常葉の身代わりになったことを忘れてはならぬ」

「……」

「いつも冷静な晴通らしくもない。いや——これもすべて愛するが故《ゆえ》か」

遠く、遠くを見ている帝の目を見て、晴通は我に返った。

「申しわけありませぬ、お上……！　お上は愛する者を失った哀しみを抱えておられるというのに、このように我を通そうといたしました。私は……」

「もうよい。それよりも今は重彬の生還を祈ろう」

（……晴通さまと、お上の声が……する……）

葉月の魂は、ぎりぎりのところで押し留まっていた。それ以上、だからどうなのだと考えることはできないが……。

——葉月どの。

先ほどの、女性の声がした。

——よく、流されずにがんばりましたね。あなたのその生命力を、あなたの身体を、しばし私に貸してはいただけないでしょうか。

（貸す？）

——そうです。成仏できずに漂っている私に、あなたの命と身体を貸していただきたいのです。私を愛し、私が愛した者たちに最後の機会を。そして、すべての顛末《てんまつ》を私が語りましょう。すれば、あなたは呪詛を破ることができる。今のあなたにはきっと苦しいことだけれど、力を振り絞って。私を信じて……！

（あなたは、誰、ですか……？）

——私は、かつてのお上の妻、常葉の母、そして晴通の姉でありました……二条初子と申します。

顔ははっきりわからないのに、彼女は優しく微笑んでいるように葉月には感じられた。二条初子、それは晴通の最愛の姉、皆に愛された情の姫。

(承知いたしました。初子さま……お会いできて、嬉しゅうございます。私も、命を振り絞って参ります。どうぞ――)


晴通は葉月の頬に自分の頬をすり寄せた。

(姉上……どうか教えてください。姉上は広長に呪い殺されたのですか？　その呪いが今、綿々《めんめん》と続いているのです……。姉上も無念だったことでしょう……もう二度と、お上と姉上の哀しみを繰り返してはならない。私は愛する者を救いたいのです)

晴通はただ、祈った。葉月への思い、姉への思い――。

その時だった。ふっと葉月の身体が軽くなった。儚《はかな》くなってしまったのか？　晴通は恐怖に囚われ、顔を上げる。だが、晴通が見たものは、葉月の身体からゆらりと立ち上った幻影だった。

「初子……」

帝は呆《ほう》けたように、その名を口にしていた。晴通と帝は、共に葉月の身体から浮き上がった初子の姿を見ていたのだった。

これは我々が作りだした幻ではあるまいか？　それとも――？

晴通は葉月の身体をもう一度きつく抱きしめる。目を閉じたままの青白い顔、軽い。その軽さが不安をかきたてる。

――やっと、お会いできました。お懐《なつ》かしい皆々さま。

「誰ぞ！　二条の北の方と常葉をこれへ！」

帝は夢中で叫んでいた。すぐに二条の北の方と常葉が現れる。北の方はその場で目を瞠ったまま足から崩れ落ち、常葉だけが、わけがわからないといった顔で佇んでいる。

――私は、しばしの間、葉月どののお身体と魂をお借りしているのです。だから、彼は儚くなったのではありませぬ。葉月どのは私を蘇らせるために、今、懸命に戦っているのです。

晴通は安堵の息をつく。その側で、帝は自分を抑えられなかった。

「初子、会いたかった。朕はもう一度そなたに会いたくて、気が違いそうであった！」

――お上、私もでございます……。ですが、今は時間がありませぬ。この呪詛の顛末《てんまつ》をお話させてくださいませ。

その場が水を打ったように静かになる。初子は語り始めた。

——入内の前からずっと、私は言い寄ってくる広長を拒絶し続けておりました。彼という人間が、人としてどうしても信用できなかったのです、そうして入内が決まった後、彼は私に文を寄越しました。それがすべての初まりだったのです。


初子に拒絶された広長は、恋心が恨みへと転じていた。思う者を奪われた哀しみを、帝に思い知らせてやる。いつかおまえを呪い殺してやると。

『できるものならばやってみるがいい。私はあなたの呪詛などには負けぬ』

歌を返し、初子は桜雅帝に入内した。それは、右大臣二条家の繁栄を約束し、帝と晴通の主従の絆も深まる結果となった。ほどなく子を身籠もり、初子は幸せの絶頂にいた。だが、出産で弱った身体に、広長の呪詛は容赦なく襲いかかり——。


「姉上、なぜそのことを教えてくださらなかったのです！」

葉月を抱きかかえたまま、晴通は叫んでいた。初子は哀しげに微笑む。

——口外すれば、おまえの一族郎党、呪い殺してやると言われていたのです。父上も、母上も、静子も、そしてもちろん晴通、あなたも。

「そんな……」

「ではなぜ、朕に言わなかった……」

――愛しいお上……それを、私に言えと仰るのですか……？

「初子……」

帝は泣き崩れた。初子の目にも、それが幻であっても、涙が滲んでいる。

――力及ばず、私は広長の呪詛に屈してしまいました。どれだけ無念で、どれだけ哀しかったか……生前に思いを残しすぎた私は成仏できず。この世とあの世の境を彷徨《さまよ》っていたのでございます。


その間、初子は、帝や常葉の様子を見守っていた。そして、広長のことも見ていたのだという。広長が、愛する者たちに危害を加えるのではないかと危惧《きぐ》して。

初子の懸念通り、広長は幼い常葉に呪いを向けた。自分から初子を奪った帝への恨みはすさまじかったのだ。だが、常葉への呪詛をその身に移し替えようとする者が現れた。それが、かつて自分に恥をかかせた葉月だと知り、その上、いつも目障りでならなかった従兄弟、晴通に葉月を奪われたことも知った。これは好都合――晴通も哀しませてやろうと、葉月への呪詛を強くした。

「広長……っ」

晴通の目は怒りに燃える。

「広長には、陰陽師の筋でもあったのか？」

帝の問いに、初子は静かに首を振った。

――いいえ、すべて彼自身が藁《わら》や紙の人形を操って呪詛を行っておりました。陰陽師としての筋はなくとも、真に怖ろしいのは人の心でございます。広長は生きる力をすべて呪詛にかけているのでしょう。だが、それはやがて身の破滅にもつながりましょう……。


初子は静かに話を結んだ。誰もものを言えぬ中、常葉が訊ねる。

「だあれ？」

「そなたの母上だ」

「ははうえ？」

常葉はきょとんとして帝に聞き返した。

――よいのですよ。私は常葉を産んですぐに儚くなってしまったのだから、わからなくて当然です……。でも、これだけは……常葉、大きくなったのですね。

「ははうえ、はじゅきをたすけて！」

常葉は自然に初子を母と呼び、願いを口にした。

――あなたは葉月どのに愛されているのですね。常葉、いえ東宮さま、お祈りなさいませ。祈りで葉月どのを呼び戻すのです。彼は負けません。東宮さまの聖《きよ》い祈りがあるのですから。

「ははうえ、ときわ、おいのりする」

常葉は目をぎゅっと閉じ、一心に祈り始めた。初子は目を細めてうなずく。そしてまた涙を光らせる。

――お上、初子はいつまでもお上を愛しております。母上、初子を産んでくださり、ありがとうございました。

「初子、初子や！」

二条の北の方は泣き崩れ、それ以上は何も言えなかった。そして初子は晴通を見る。

――晴通、丑寅《うしとら》（北東）の方角に矢を。愚《おろ》かだこと。広長は鬼門《きもん》に逃げ込んでいます。ですが丑寅は広い。仕留められるかどうかは、あなたの矢の力と強い心しだい……。

「丑寅……。仕留めてみせます、ありがとうございます。姉上……！」

――晴通、どうか私の分も幸せに。

「必ずや！」

晴通の決意を聞き、初子は愛する者たちを見渡した。だが、その影が、だんだん薄らいでいく。

——皆さま、お会いできて嬉しゅうございました。ですが、もう逝《い》かねばなりませぬ……。

最後の言葉と共に、初子の幻は消えた。その手を受け取ったのは、葉月だった。

——葉月どの、あとは頼みましたよ。

(初子さま……ありがとうございます。必ずや私は蘇ってみせます)

砂が崩れていくように、握られた初子の手は儚くなっていく。

(生きてみせる。晴通さまの所へ戻る……東宮さまにも手を出させなどしない)

初子に力を貸したために、葉月は消耗していた。だが、先ほどとは気力が違う。すべての元凶《げんきょう》がわかったからかもしれない。そして何よりも、初子と約束したのだ。きっと、晴通や帝も広長の呪詛と戦っている。幼い常葉もきっと。

葉月の意識の中に、並々ならぬ邪悪《じゃあく》な呪いの塊が押し寄せてくる。葉月は晴通の顔を思い浮かべ、その圧に耐えた、押し潰されたら終わりだ。苦しい。だが、負けはしな……い！

（晴通さま……っ！）

彼だけではない、懐かしい顔が走馬灯《そうまとう》のように葉月の意識を巡《めぐ》る。常葉、帝、二条家の右大臣、北の方、静子と夫君と子どもたち、幼い頃からずっと側にいてくれた惟成――。

（……っ、ぐ、う……っ！）

これ以上ないほどの力を振り絞ったその時、目の前にあった呪詛の塊が、パァ――

ン！　と弾けた。その途端、身体がふっと軽くなり、葉月の視界が開けた。

「はじゅき、おきた！」

最初に聞いたのは、常葉の声だった。

「重彬！」

「葉月や……！」

「重彬……さまっ」

そうして、いくらか遅れて矢を背負った晴通が現れた。彼は唇を震わせる。

「は、づき……」

「はる、みち、さま……」

やっと声が出た。愛しいその名を呼ぶことができた。二人は熱く見つめ合う。

「還《かえ》ってきてくれたか」

「はい……」

涙にむせびながら葉月は答える。呪詛を破ったのだ。還ってきたのだ。晴通のもとへ、大切な人たちのもとへ。

あとで聞いた話だが、葉月が目を覚ましたのと、晴通が丑寅の方角に破魔《はま》の矢を放ったのは同時だったという。

一方、広長の姿は見つかることはなかった。

人を呪った報《むく》いとして呪詛返しに合い、どこかで朽《く》ち果てたのだろうと人々は噂した。

六

「しばらく、二人だけにしてやろう」

帝の言葉に異を唱えたのは常葉だった。大人たちは――葉月と晴通の関係を知らなかった二条家の夫婦も、そうさせてやりたいと心から思っていたし、惟成は言うまでもない。

が……。

「ときわ、はじゅきとあそぶの！」

「それはまだ無理であるな」

帝は、駄々をこねる我が子を抱き上げた。

「重彬はつい先ほど、目覚めたばかりだ。ゆっくり休ませてやらねばな」

「申しわけありません、東宮さま。早く元気になりますゆえ、またたくさん遊びましょう」

葉月が答えるが、常葉は可愛く頬をふくらませたままだ。

「どうして、はるみちはいいの？」

「東宮さま、そっ、それは……！」

真っ赤になって焦る晴通を、葉月は初めて見たと思った。本当に幼子には敵わない。だが、帝は穏やかに言い聞かせた。

「それはそなたも大人になればわかること。今日は父と遊ぼうぞ」

やっとのことで納得した常葉と帝が退出し、葉月と晴通は改めて向かい合う。

葉月はそろそろと身体を起こし、晴通の胸に顔を埋めた。

「葉月……」

晴通は目を瞠っている。驚いているのだ。葉月から晴通に触れたのは、あの発情の日々を除けば初めてだったからだ。

「抱きしめてもよいのか……？」

「私が苦しんでいる間、何度も抱きしめてくださったではありませんか……」

葉月は晴通の広い背中に腕を回し、自分から彼をぎゅっと抱きしめた。

「抱きしめてください。強く……」

「だ、だがおまえの身体に障っては……」

いざ、葉月が積極的になると、晴通はどうしてよいかわからないように慌てていた。

（また、赤くなっていらっしゃる）

「大丈夫です。ただ、交わるのはまだ無理かと思いますが」

「葉月！　なんということを！」

晴通はさらに赤くなる。

「初子さまや皆さま、晴通さまのおかげで蘇った命です。もう、あなたさまを愛することを迷わないと決めたのです。晴通さまを信じ、自分を信じると決めたのです」

葉月は自分から晴通の口を吸った。肩に手を置き、上を向いて。そのいじらしい姿が、晴通の戸惑いを振り切る。

晴通はきつく抱きしめてきた。葉月に吸われていた唇を開き、彼からも口を吸う。発情期のくちづけに比べれば穏やかなものだったが、葉月は自分が生きていることを感じるには十分だった。

(晴通さまの唇があたたかい……)

そう思うだけで涙があふれ、晴通の墨色の袖が濡れる。

「生きているのだな？　本当に、俺の元へ還ってきたのだな？」

「愛しております。晴通さま。死の淵《ふち》に至って、私はやっと、なんのしがらみも言い訳になどならない、自分の本当の心を認めることができたのです」

「俺は、おまえを失ったら生きていけないと思うほどに、おまえを愛していることを知った」

　抱擁が深くなる。互いの鼓動を、体温を感じる。

　伝えたいことがあった。謝りたいことがあった。もう一度、愛を告げたかった。二人の思いが交錯《こうさく》する。

「頑固《がんこ》で、卑屈《ひくつ》だった私をお許しくださるならば……いいえ、これは何もかも取り払った私の思いです。私は自分が情男であることを言い訳にしていたのです。晴通さま――」

　葉月は潤んだ目で晴通を見上げた。

「どうぞ私を、あなたさまの北の方にしてください」

「俺の北の方はおまえしかいない。妾も他の妻もいらぬ。おまえだけだ葉月。もう、二度と離さぬ……」

「私も、離しません」

「……葉月、俺の子を産んでくれるか？」

　晴通はまた赤くなっている。今日だけで三度目だ。葉月は微笑んだ。

「できるならば、晴通さまに似た子を」

「俺は、葉月に似た子がよい」

　そうして二人は笑い合った。情男に生まれてよかったと、心から葉月は思った。運命の人の胸に抱かれ、葉月はほうっと幸せなため息をついた。

二人の結婚について、つまり男である葉月——重彬が晴通の北の方になることについて、二条家の皆は温かく受け入れてくれた。

もともと情の者について偏見《へんけん》のない一家であり、葉月自身も皆に愛されていたことから、むしろ、喜んで迎え入れられたのだった。

「重彬どの……いえ、葉月、あの時は本当にごめんなさいね」

二条の北の方は、葉月の手を握って頭を垂れた。その手に、彼女の涙が落ちる。

「あなたが女性だったらよかったのに、などと酷いことを言ってしまって」

「そんな……頭を上げてくださいませ、北の方さま」

「いいえ、謝らせてちょうだい。私はあの時、葉月が女性ならば晴通の妻になれるのにと思って……。でも、男であってもこうして本人同士が認め合い、周囲が見守ればできることだったのにね」

「そんなふうに言っていただけて、とても嬉しいです」

葉月は微笑む。そんな二人の間に入ってきたのは、晴通の妹、静子だ。

「また孫の顔も見られるものね。ねえ？　葉月……じゃなくて重彬どの」

容赦ない、静子らしい問いかけに、葉月は頬を染める。

「えっ……ええ、たぶん……」

「本当に。なんて嬉しいこと」

北の方は涙を拭い、静子が産んだ孫たちを見やった。長女の光子は五歳に、太郎は四歳になっていた。そして、一歳になったばかりの次郎が静子の膝に抱かれている。きっと、ここに新しい子が加わるのだ。

「孫がなんだって？」

そこへ晴通が現れる。

「兄上、照れることないでしょう？」

「て、照れてなどおらぬ！」

「あぶ？」

次郎が愛らしく小首を傾げる。小さな顎をくすぐりながら、晴通は「おお、次郎、大きくなったなあ」などとごまかしている。

そうなのだ。自分から葉月に「俺の子を産んでくれるか」と言ったにも関わらず、その話題が出ると、晴通は照れるのだ。

　葉月と晴通の結婚を祝福したのは、二条家の者だけではない。帝ももちろん彼らを祝福し、そして公にも貴の男と情男の結婚を認めた。多くの者が驚き、内裏はかなりざわついたけれど。

『愛し合う者が結ばれるのだ。それ以上、何が必要であるか？』

　帝は堂々とそう言ったが、少々、納得できない者がいた。常葉だ。

「はるみち、ときわのはじゅきをとった！」

「いえ、違うのです。東宮さま。これは結婚と申しまして……」

　もうすぐ四歳。結婚がどういうものかまだわからなくても、常葉は晴通を自分の敵だと認識していたようだった。

「ちちうえ、はるみちが……」

　涙目で訴える息子に、帝はいつものように鷹揚《おうよう》に答える。

「常葉も大人になればわかる。それに、晴通が重彬を北の方にしようとも、重彬はどこへも行かぬ。これからも葉月の側にいて、共に遊んだり、様々なことを教えてくれる」

「そうでございますよ。東宮さま。葉月はどこへも行きませせぬ」

　葉月は常葉を抱き上げた。もう、こうして抱っこすることも叶わないほどに常葉も成長していく。だが、葉月は一生、常葉の側付きであり続けたいと思っていた。常葉が、葉月の手を必要としなくなるその日まで。

葉月に抱っこされ、常葉は余裕を見せた。

「はじゅきのだっこは、ときわだけだもーん」

「東宮さま、いや、それはっ……」

いやいやそれは違うのだと晴通は言いたかった。だが、幼子にそのようなことを言う訳にいかず——葉月は赤くなり、桜雅帝は、珍しく声を上げて笑った。

「これは、常葉に一本取られたな、晴通」

「お上まで……私の味方はおりませぬのか」

「大人げないのは、そなたであろう？　それでどうだ、屋敷の話は進んでおるのか？」

帝は釘をさしたあと、さらりと話題を変えてくれた。

婚姻関係は、通常、男が女の家に入ることで成立する。だが、二人は男同士。二条の屋敷は静子が夫君と共に継いでいることもあり、二人の住む新しい屋敷を建てることになっていた。

「はい、内裏に近い土地を、父より譲り受けまして」

「そうか、それは楽しみだな。それまでの間だが、宮中で二人の生活をゆるりと始めるがよい」

「宮中に住まいをご用意いただきまして、ありがとうございます。ありがたき幸せにございます」

晴通と共に、葉月も頭を下げた。胸の鼓動がどうしようもなく高まる。

結婚の宣言と前後して、葉月は昨日、床上げをしたばかりだった。先に葉月が宮中に用意された部屋に住み、晴通は二条の屋敷にいたのだ。つまり、今日が二人の新床《にいどこ》になる。発情していない状態で結ばれるのは、今夜が初めてなのだった。

「では、私は常葉さまと、お先に下がらせていただきます。お上、晴通さま」

「ああ」

晴通はまだ、帝とまつりごとの話があるのだという。帝が用意してくれた部屋に戻るのは、常葉の相手をしてから、自分の方が先になるだろう。夕餉《ゆうげ》も別々ということだった。

常葉は機嫌良く、久しぶりの葉月との時間を楽しんでいた。独楽を回すのが上手になっていて、葉月が驚くたびに、「もういっかい、みて」と嬉しそうだ。

葉月も常葉との時間を過ごすことで、今夜のことをあまり考えずに済み、楽しい時間を過ごした。

だが、常葉の相手を終え、自分たちの部屋へ向かうたびに、どきどきと胸が鼓動で痛くなるほどだった。

（初めて……なわけでもないのに）

あの発情の日々、時も忘れて睦《むつ》み合った。またあのように淫らになってしまうのだろうか。

夕餉を終え、さっと身を清めて夜着に着替えた。延《の》べられた床の横に座り、あとは晴通の訪れを待つばかりだ。

（今まで渡せなかった文も、落ちついたらお渡ししよう）

親鶏と雛鳥の歌、感謝と、叶わぬ恋に泣き濡れた、あの歌たちだ。

妻戸の外では惟成が控えている。あの日は絶対に誰も部屋に近づけるなと命じたが、今宵は違う。

（あっ……）

美酒のような、馥郁とした匂いが漂ってきた。その匂いを感じると、葉月の下腹はずくんと疼く。晴通が来たのだ。

惟成が妻戸を開ける。彼の匂いはより濃くなり……そして、御簾が捲り上げられた。

「お待ち、しておりました……」

「おまえの花のような匂いに酔いそうだった……」

二人の言葉は重なり合い、晴通は着衣のままで葉月を床に組み敷く。

「早く……抱いてくださ……」

唇に語尾を吸われ、下半身が疼くと同時に、情液があふれ出たのがわかった。発情期でないのに……いや、私は発情しているのだ。晴通さまに組み敷かれただけで。

「悦いところを、覚えているか？」

「はい……」

ここと、ここと、ここと……葉月は乳首と脇腹と、そして情男の液があふれるそこを示す。晴通は貪るように葉月の悦い箇所を責めていった。

「性急ですまぬ……抱きたかった。俺はおまえを抱きたかったのだ」

「拒んで、申しわけありません」

くちづけながら言葉を交わし、だんだんと衣が暴かれていく晴通の、滴るような貴の男の艶はどうだろう。葉月は何度も目眩を起こした。それほどまでに、久々に直に触れる晴通の体躯が、肌が愛しく、尊かった。

気がつけば自分は冠だけの姿で、早く晴通が欲しくて腰をくねらせている。

「ああ、悦い……」

もっと、あそこもここも可愛がられたい。でも、早く晴通に穿たれ、ひとつになって共に登り詰めたい……！

「晴通さま、私の、なかへ……」

葉月は晴通が進む、そこを指で示した、あふれる情の液で指が濡れる。

「よいのか？」

晴通の目に獣のような色を認め、葉月は全身がぞくりとする。

「さっきから……おまえのなかに入りたくてたまらぬのだ」

「私も、あなたさまが欲しいのです。晴通さま……」

ねだるように腰を揺らめかせると、晴通は葉月をうつ伏せにして、腰を持ち上げた。後ろからすべてを見られている。獣が交わるような、なんと淫らな姿だろう。そう思うだけで、葉月は悦びに打ち震えてしまうのだった。

愛する人が自分を欲しがっている。どのようなかたちでまぐわろうとも、それは自分たちの愛の形だ。

持ち上げられた腰、広げられた尻の肉、その奥に潜む場所に、晴通は我の雄を打ち込んできた。そして、何度も何度も突き上げてくる。ああ、こんなにも私は欲しがられている。

葉月も共に腰を振った。晴通の雄と自分の襞《ひだ》が擦れ合い、形容しがたい愉悦《ゆえつ》が訪れる。

「悦い……はるみち、さま……悦い……っ」

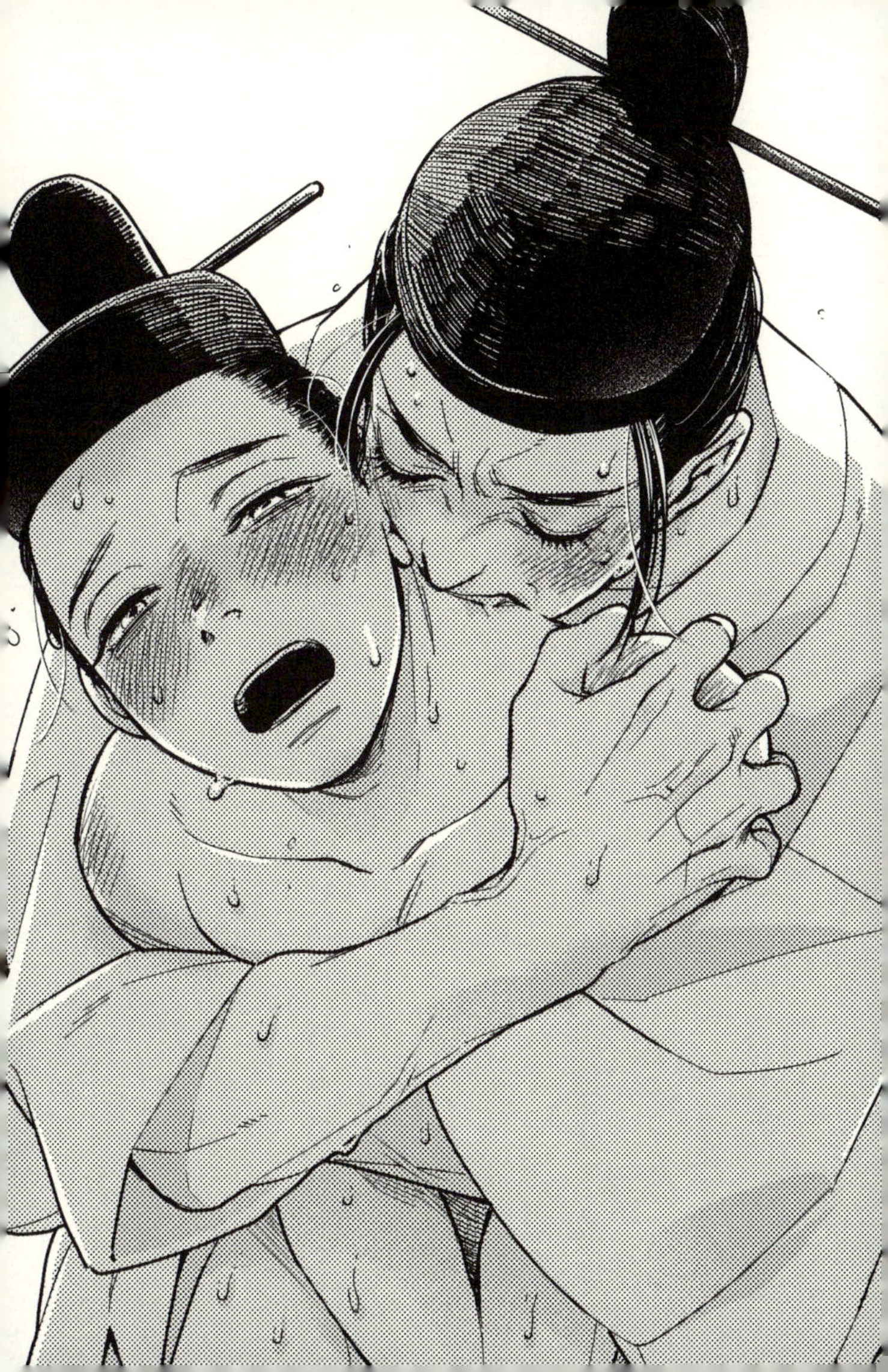

「葉月、はづき……」

奥まで穿たれた時、葉月はうなじに晴通の唇が当てられたのを感じた。これは愛撫ではない。これは――。

「噛むぞ」

「ああ……噛んで、噛んで……くださ……」

確かにうなじに歯が当てられたのを感じ、床に擦れていた葉月の茎から精が噴き出す。

同時に、うなじを噛まれたままで晴通の精が葉月のなかに、情男の子宮に向かって放たれた。

「あっ……ああ……」

「俺とおまえは番《つがい》だ……唯一無二だ。愛している。葉月」

「私、も……あい、し……」

葉月が言えたのはここまでだった。あまりの恍惚感と多幸感で、葉月は意識を手放してしまったのだ。

「わかっている……」

晴通は葉月の額にくちづける。

――この時放たれた精で葉月は晴通の子を授かるのだが、二人がそれを知るのは、もう少し先のことだ。

＊＊＊

季節が幾度か巡った。

桜雅帝の世は、つつがなく穏やかに過ぎていったが、彼は、東宮の常葉が元服したら、出家して、初子の菩提《ぼだい》を弔《とむら》いたいと晴通に打ち明けた。

晴通は右近の中将から内大臣《ないだいじん》となっている。晴通は驚きながらも、帝の意を受け止めた。

常葉は六歳に、健やかに成長している。その側には、葉月の姿が常にあった。

「早くても、元服まではあと五、六年ほどあろう。だが、そなたにも重彬にも、心づもりをしておいてもらいたいのだ。朕が出家して常葉が即位したら、重彬と共に、幼き帝の後見人となってもらいたい。つまり、晴通には摂政《せっしょう》を務めてもらいたいのだ」

「そのような、身に余ることでございます！」

「では、他に誰がおるというのだ？」

目を瞠った晴通に、帝は穏やかに問うた。

「重彬ももちろん、今まで以上に常葉の支えとなることであろう。常葉も佳月《かづき》を弟のように思っておるし、いずれ、常葉にとって大切な臣下になるであろう。朕とそなたのようにな。朕は、常葉の未来が楽しみで仕方ないのだ」

「ありがたき幸せ……！」

佳月とは、葉月と晴通の間に生まれた男の子だ。晴通の面差しを受け継ぎ、常葉より四つ年下の二歳。常葉を兄のように慕っている。左大臣となった二条の殿と、その北の方にとっては、五人目の愛しい孫である。

「重彬ともども、これからも誠心誠意、お仕え申し上げて参ります」

そこへ、ばたばたと賑やかに子どもたちの足音が響き、常葉と佳月が御簾を上げた帝の部屋に駆け込んできた。

「佳月、お上にごあいさつせぬか」

「よいではないか。なんだ、鬼ごっこでもしておったのか？」

「はい、ちちうえ、ときわはまだまだかづきにはまけませぬ！」

「お騒がせして申し訳ありません。常葉さまも佳月も、本当にすばしこくて……」

そこへ現れたのは、美しさの中に凛々しさも増した葉月――重彬だった。

「しげあきら！」

「はーうえ！」

常葉と佳月が葉月にまとわりつく。常葉は今でも葉月が大好きだし、佳月は言うまでもない。晴通を恋敵《こいがたき》とする者は、二人に増えたのだった。

「待ちかねたぞ、重彬。そなたの笛を聴かせてくれぬか」

「承知いたしました」

葉月は床に座り、笛を唇に当てた。やがて、心地よく優しい旋律が内裏を流れていく。常葉も佳月もおとなしくなり、静かに耳を傾けている。

（笛に当てられる、あの唇が俺は好きなのだ）

夫がそんなことを考えているとも知らず、葉月は笛を奏でた。

輝かしい未来へ向けて。


その六年後。鳳安《ほうあん》三年。

桜雅帝は出家して、十二歳で元服した東宮に帝の位を譲った。東宮、常葉は緑雅帝《りょくがてい》として即位し、やがて摂政である二条晴通の姪、十四歳の光子が入内する。

その傍らには、二条晴通とその北の方、氏原重彬の姿が常にあったという。

また、重彬は『氏原葉月』の名で、貴なる公達と情男の愛の物語を綴った。これは『雛鳥物語』として人気を博し、やがて後世へと読み継がれていくのだった。

あとがき

みなさまこんにちは、または初めまして。セシル文庫さまでは一年半ぶり以上になります。この本を手にしてくださってありがとうございます。墨谷佐和《すみたにさわ》です。

今回は、りんこ＋三原《みはら》しらゆき先生の雅《みやび》で麗しい表紙の通り、平安朝をモデルにした架空《かくう》の『平鳳朝』を舞台としたオメガバースです。なんと、セシル文庫さま初のオメガバースです。そして私事ですが、セシル文庫さま十冊目という、記念すべき刊行となりました。

雅な貴族社会にオメガバース……これは思ったよりも難しい執筆でした。時代考証《こうしょう》や風俗、専門用語を並べずにわかりやすく、読みやすく……でもね、基本はシンデレラなのです。灰かぶりと虐《しいた》げられた娘が幸せになるまで――ですが、本作には魔法使いのおばあさんもガラスの靴も出てきません。当時の時代背景を大切に、アルファとオメガの運命の恋を書きたいと思いました。

そこで、三つのバースをどう呼ぶか。まずはここで長考。最終的に『貴《き》の者』『普《ふ》の者』

『情《じょう》の者』アルファとベータは比較的早く出てきましたが、悩んだのはオメガ。情ってどうなんだろう……と思いながら（実はちょっと抵抗もあったりして）でも、情という漢字は、劣情や欲情を想像させるだけでなく、愛情というものもあります。本作のオメガ、葉月《はづき》は次第に周囲の人々の愛情を知り、最後には愛するアルファの愛情に包まれて幸せになるのだから、これでよかったかな……と思ったり。

受《うけ》の情男《じょうおとこ》、葉月（後に重彬《しげあきら》）は健気で姿も心根も汚れのない少年（この時代だともう成人ですが）を目指しました。対する攻《せめ》の貴の者、晴通《はるみち》は絵に描いたようなスパダリ貴公子……に書けていたかどうかは不安も残るのですが、作画の、りんこ＋三原しらゆき先生が二人を見事に再現してくださいました！　衣装から御簾《みす》などの調度品までこだわっていただき、お二人に和物のイラストを描いていただける幸せに浸っていました。

晴通の騎射の場面などは「絶対に片肌脱いで、乳首を……っ」という私のワガママに沿い、当時の衣装で片肌脱げるのかなどの検証もしてくださって、下絵の段階で、本当にカッコよくエロいシーンになっておりますので、どうぞご期待ください！（毎回、乳首にこだわっていてすみません……）

そしてお子たちの可愛いこと！　最初はもっと子育てに寄ったものを書くつもりでしたが、最終的にはメイン二人のラブストーリーが主になりまして、でも、この時代のお子たちの姿ってなんでこんなに可愛いのでしょう！

そして当時の慣習で、寝る時も烏帽子《えぼし》や冠を取ることはならぬ、というわけで全裸に被りもののこのエロさ……なんか新しい萌《も》えの扉を開いてしまいそうです。

表紙や口絵はいうまでもなく、きっと平積みされたら雅さに目を奪われると思います。りんこ＋三原しらゆき先生、漫画と並行してお忙しいなか、本当にありがとうございました。

そして、今回はエモい方向に物語の舵《かじ》を切れたのではと思っています。私、元々はセンシティブでエモい作風が目標でした。でも子育てＢＬに出会い、様々なカップルや家族のあり方をほのぼのと書くことが中心となりました。もちろん、それはそれで素晴らしいこと。苦手だったオメガバースを書かせていただけるようになったのも、子育てＢＬのおかげだと思っています。それが今回は初心《しょしん》に立ち戻ったといいますか……。

原稿が上がった時、担当さまが子育てものよりラブストーリーとして、とイラスト指定をしてくださり、背中を押してくださいました。本当に心強かったです。その節はありがとうございました。

古典の分野は好きでして、某源氏物語漫画は大ファンです。元気な姫が主人公の某平安小説も大好きです。田辺聖子《たなべせいこ》先生の「おちくぼ姫」や「とりかえばや物語」も。折しも二

〇二四年の大河ドラマは紫式部《むらさきしきぶ》が主人公。刊行される頃には終わっていますが（勝手に）プレッシャーを感じたりして……（笑）

それで、お恥ずかしくも作中で実は一句詠んだりしていたのですが、それはすべて『　』で括《くく》った意味内容に収めました。あくまでBLですから、古典に偏《かたよ》らないように。そのため、ファンタジーとして処理した部分もあったりします。

葉月（重彬）が呪詛《じゅそ》に倒れた時、本来ならば朝廷からは遠ざけられるはずですが、そこは優しき帝《みかど》、可愛い東宮《とうぐう》さまのお近くで……と、病床を内裏《だいり》に置いたりしました。そういう調整が難しかったなあ……、いや大変だった……でも、達成感でいっぱいの今現在です。

平安時代をモデルにした「平鳳朝オメガバース」受け入れていただけるかどうか、今でもとても不安です。一冊でも多く手にしていただけたら、雅なイラストの数々をご覧になっていただければと願っております。こうして「あとがき」を書いている今、ここまで読んでくださった皆さまには感謝しかありません。

読者の皆さま、どうか心も身体も健康でいてくださいますように。次のご本で出会えることを楽しみにしています。

二〇二四年　ジングルベルが聞こえる頃に　墨谷佐和

セシル文庫をお買い上げいただき、ありがとうございます。
この本を読んでのご意見・ご感想・ファンレターをお待ちしております。

☆あて先☆
〒154-0002　東京都世田谷区下馬6-15-4
コスミック出版　セシル編集部
「墨谷佐和先生」「りんこ+三原しらゆき先生」または「感想」「お問い合わせ」係
→Eメールでも OK！　cecil@cosmicpub.jp

セシル文庫

貴《き》なる公達《きんだち》アルファと情男《じょうおとこ》オメガ

2025年2月1日　初版発行

【著者】　墨谷佐和《すみたにさわ》
【発行人】　松岡太朗
【発行】　株式会社コスミック出版
〒154-0002　東京都世田谷区下馬 6-15-4
【お問い合わせ】　-営業部-　TEL 03(5432)7084　FAX 03(5432)7088
-編集部-　TEL 03(5432)7086　FAX 03(5432)7090
【ホームページ】　https://www.cosmicpub.com/
【振替口座】　00110-8-611382
【印刷／製本】　中央精版印刷株式会社

乱丁・落丁本は、小社へ直接お送り下さい。郵送料小社負担にてお取り替え致します。
定価はカバーに表示してあります。

ISBN978-4-7747-6624-9 C0193